CATALOGUE

DU FONDS

DE A. HAUSER,

Successeur de PIERI BÉNARD,

MARCHAND D'ESTAMPES DE LA BIBLIOTHÈQUE DU ROI,

11, Boulevart des Italiens.

Nᵒˢ D'ORDRE.	TITRES DES GRAVURES.	NOMS des PEINTRES.	NOMS des GRAVEURS.	CENTIMÈT. HAUTEUR.	CENTIMÈT. LARGEUR.	PRIX NOIR.	PRIX COULEUR.
						fr. c.	fr. c.
	GRAVURES AU BURIN.						
1	La Vierge au bas-relief	Léonard de Vinci.	Forster.	39	30	30 »	»
2	La Sainte Famille	Raphaël.	—	39	30	36 »	»
3	La Vierge de la maison d'Orléans	—	—	31	25	20 »	»
4	La Vierge au Silence	A. Carrache.	Th. Richomme.	27	37	20 »	»
5	La Vierge du Musée de Parme	Corrège.	Leroux.	29	23	12 »	»
6	La Vierge à l'Étoile	Pinturicchio.	—	.31	25	16 »	»
7	La Vierge au Livre	Raphaël.	Th. Richomme.	22	18	12 »	»
8	Portrait de Raphaël	—	Forster.	31	25	12 »	»
9	— de Marc-Antoine	—	Leisnier.	31	25	12 »	»
10	— de Léonard de Vinci	Léonard de Vinci.	Leroux.	31	25	12 »	»
11	— du duc d'Urbain	Raphaël.	Laugier.	31	25	12 »	»
12	Les trois Grâces	—	Forster.	21	18	24 »	»
13	Uranie	—	—	31	25	12 »	»
14	Thalie	—	Leroux.	31	25	12 »	»
15	Sainte Appoline	—	Bein.	»	»	16 »	»
16	Didon	Guérin.	Forster.	45	59	60 »	»
17	Andromaque	—	Richomme.	45	59	60 »	»
18	Gustave Wasa	Hersent.	Henriquel Dupont.	44	54	60 »	»
19	Bonaparte aux Pyramides	Gros.	Vallot.	65	46	60 »	»
20	François 1ᵉʳ et Charles V visitant les tombeaux de Saint-Denis.	—	Forster.	65	42	72 »	»
21	La jeune Mère Napolitaine	Horace Vernet.	Conquy.	20	15	8 »	»
22	La jeune Mère Française	Steuben.	—	20	15	8 »	»
23	Le ravissement de Saint Paul	N. Poussin.	Laugier.	64	50	50 »	»
24	Laure et Pétrarque	Simon Memmi.	Bridoux.	31	25	12 »	»

PORTE-FEUILLE HISTORIQUE DE L'ORNEMENT.

Recueil complet des meilleurs motifs, dessinés et gravés d'après les anciens maîtres par Metzmacher, publié par livraisons de 4 planches, imprimées sur papier de Chine. Prix de chaque livraison.......... 5 fr.

Le but de cet ouvrage est de donner une histoire complète de l'ornement, siècle par siècle, depuis la feuille d'acanthe jusqu'à la rocaille ; de reproduire les morceaux les plus remarquables des anciens maîtres, disséminés dans les bibliothèques publiques ou privées, ou tirés des monuments qu'il est impossible à beaucoup de monde de consulter et dont les délicieux détails d'ornementation sont pour la plupart inconnus.

LISTE DES PLANCHES. — ANCIENS MAÎTRES.

Nᵒˢ D'ORDRE.	TITRES DES GRAVURES.	NOMS des GRAVEURS.	HAUTEUR.	LARGEUR.	NOIR.	COULEUR.
25	Nᵒ 1. Desmarteau, invenit. 1740 . . . . . 18ᵉ siècle.	Metzmacher.	25	34	1 25	»
26	2. Peyrotte, — vers 1750 . . . . . —	—	»	»	1 25	»
27	3. — — 1750 . . . . . —	—	»	»	1 25	»

N°s d'ordre.	TITRES DES GRAVURES.	NOMS des PEINTRES.	NOMS des GRAVEURS.	CENTIMÈT. HAUTEUR.	CENTIMÈT. LARGEUR.	PRIX NOIR.	PRIX COULEUR.
						fr. c.	fr. c.
28	N° 4. Jansen, invenit. vers 1630. . . . . 17e siècle.		Metzmacher.	25	34	1 25	»
29	5. — — 1630. . . . . —		—	»	»	1 25	»
30	6. Vriese — 1598. . . . . 16e siècle.		—	»	»	1 25	»
31	7. Berain — 1660. . . . . 17e siècle.		—	»	»	1 25	»
32	8. *** — 1560. . . . . 16e siècle.		—	»	»	1 25	»
33	9. Albert Durer — 1503. . . . . —		—	»	»	1 25	»
34	10. Virgile Solis — 1540. . . . . —		—	»	»	1 25	»
35	11. *** — 1580. . . . . —		—	»	»	1 25	»
36	12. Lepôtre — 1658. . . . . 17e siècle.		—	»	»	1 25	»
37	13. Vriese — 1598. . . . . 16e siècle.		—	»	»	1 25	»
38	14. Berain — 1660. . . . . 17e siècle.		—	»	»	1 25	»
39	15. Aldegraver — 1536. . . . . 16e siècle.		—	»	»	1 25	»
40	16. Peyrotte — 1750. . . . . 18e siècle.		—	»	»	1 25	»
41	17. J. Della-Bella — 1647. . . . . 17e siècle.		—	»	»	1 25	»
42	18. J. Girardini — 1750. . . . . 18e siècle.		—	»	»	1 25	»
43	19. Morisson — 1697. . . . . 17e siècle.		—	»	»	1 25	»
44	20. Théodore de Brye — 1560. . . . . 16e siècle.		—	»	»	1 25	»

GRAVURES A LA MANIÈRE NOIRE.

N°s d'ordre.	TITRES DES GRAVURES.	NOMS des PEINTRES.	NOMS des GRAVEURS.	HAUTEUR.	LARGEUR.	PRIX NOIR.	PRIX COULEUR.
45	Élisabeth et Louise surprises par une panthère.	Demahis.	Girard.	45	60	24 »	»
46	Alice et Cora défendues par le major Hayward.	Vanden-Berghe.	—	45	60	24 »	»
47	Vittoria d'Albano.	Horace Vernet.	Cousins.	40	23	16 »	»
48	L'Orage	Collin.	Lucas.	39	30	6 »	»
49	Isaac et Rébecca	Lucas.	—	22	30	4 »	»
50	David et Bethzabée	—	—	22	30	4 »	»

SUITE DE SIX SUJETS DE L'ÉCRITURE SAINTE,

Composés et gravés par Lucas, imprimés sur 1/4 raisin, pour servir d'illustration aux livres de piété. . . . . Le cahier.

						6 »	»

CONTENANT :

N°	TITRE	PEINTRE	GRAVEUR	HAUT.	LARG.	NOIR	COUL.
51	La Tentation.	Lucas.	Lucas.	8	14	1 »	»
52	Le Passage du Jourdain.	—	—	8	14	1 »	»
53	La Veuve de Sarepta	—	—	8	14	1 »	»
54	La Résurrection de Lazare.	—	—	8	14	1 »	»
55	Le Christ dans le Jardin.	—	—	8	14	1 »	»
56	Saül et l'Ombre de Samuel.	—	—	8	14	1 »	»

LES CAPITALES ET PRINCIPALES VILLES DE L'EUROPE,

Dessinées d'après nature et gravées à l'aquatinte; 12 planches ont paru ;

SAVOIR :

N°	VILLE	N°s des pl.	PEINTRE	GRAVEUR	HAUT.	LARG.	NOIR	COUL.
57	Paris	1..	Chapuy.	Martens.	19,	28	2 »	5 »
58	Londres	2..	Martens.	—	»	»	2 »	5 »
59	Rome	3..	Mandelsloh.	Vogel.	»	»	2 »	5 »
60	Gênes	4..	—	Martens.	»	»	2 »	5 »
61	Amsterdam.	5..	Martens.	—	»	»	2 »	5 »
62	Florence	6..	Boys.	Vogel.	»	»	2 »	5 »

N°s D'ORDRE.	TITRES DES GRAVURES.	NOMS des PEINTRES.	NOMS des GRAVEURS.	CENTIMÈT. HAUTEUR.	CENTIMÈT. LARGEUR.	PRIX NOIR.	PRIX COULEUR.
						fr. c.	fr. c.
	N°s des pl.						
63	Venise. . . . . 7..	Chapuy.	Martens.	19	28	2 »	5 »
64	Munich . . . . 8..	Vogel.	Vogel.	»	»	2 »	5 »
65	Madrid. . . . . 9..	Asselineau.	Jacottet.	»	»	2 »	5 »
66	Saint-Pétersbourg . . . . 10..	Vogel.	Vogel.	»	»	2 »	5 »
67	Palerme. . . . . 11..	—	—	»	»	2 »	5 »
68	Naples. . . . . 12..	Chapuy.	—	»	»	2 »	5 »

LITHOGRAPHIES.

DEUX VUES PANORAMIQUES DE PARIS
AU XIXe SIÈCLE,

AVEC RÉDUCTIONS EXPLICATIVES A L'EAU FORTE :

N°	Titre	PEINTRES	GRAVEURS	HAUTEUR	LARGEUR	NOIR	COULEUR
69	La première, prise de la galerie des Colonnes, à Notre-Dame.	Champin.	Champin.	47	67	12 »	24 »
70	La seconde, prise de la galerie Bourdon, à Notre-Dame. . .	—	—	47	67	12 »	24 »

MONUMENTS DE PARIS ET VUES DES CHATEAUX
DE SAINT-CLOUD,
VERSAILLES ET FONTAINEBLEAU.

Collections de 35 planches dessinées d'après nature et lithographiées
par Arnout; SAVOIR :

N°	Titre	PEINTRES	GRAVEURS	HAUTEUR	LARGEUR	NOIR	COULEUR
71	La Bourse . . . . 1..	Arnout.	Arnout.	25	33	2 50	6 »
72	La Madelaine. . . . . 2..	—	—	25	34	2 50	6 »
73	Notre-Dame . . . . 3..	—	—	26	34	2 50	6 »
74	Cascade de Saint-Cloud . . . . 4..	—	—	25	34	2 50	6 »
75	Vue du Pont-Royal et Monument du quai d'Orsay . . 5..	—	—	25	34	2 50	6 »
76	Arc-de-Triomphe de l'Étoile (côté de Neuilly) . . . . 6..	—	—	25	33	2 50	6 »
77	Chambre des Députés . . . . 7..	—	—	25	33	2 50	6 »
78	Place et Colonne Vendôme. . . . . 8..	—	—	26	34	2 50	6 »
79	Jardin et Palais des Tuileries. . . . . 9..	—	—	25	33	2 50	6 »
80	Arc-de-Triomphe de l'Étoile (côté de Paris). . . . . 10..	—	—	25	34	2 50	6 »
81	Dôme des Invalides. . . . . 11..	—	—	25	34	2 50	6 »
82	Colonnade du Louvre. . . . . 12..	—	—	25	34	2 50	6 »
83	Jardin et Galerie du Palais-Royal. . . . . 13..	—	—	25	33	2 50	6 »
84	Le Panthéon avec le nouveau Fronton. . . . . . . 14..	—	—	25	34	2 50	6 »
85	Le Boulevart des Italiens . . . . 15..	—	—	25	34	2 50	6 »
86	Le Père-Lachaise, Tombeau du général Foy . . . . . 16..	—	—	25	33	2 50	6 »
87	Chemin de Fer, départ pour Saint-Germain. . . . . 17..	—	—	25	33	2 50	6 »
88	Ecole-Militaire, revue au Champ-de-Mars. . . . . . 18..	—	—	25	33	2 50	6 »
89	Porte-Saint-Denis. . . . . 19..	—	—	25	33	2 50	6 »
90	Palais de Versailles (côté du parc) . . . . 20..	—	—	25	33	2 50	6 »
91	— — (côté de la cour). . . . . 21..	—	—	25	33	2 50	6 »
92	Fontainebleau (cour des Fontaines) . . . . 22..	—	—	25	33	2 50	6 »
93	— (cour du Cheval-Blanc). . . . . . . 23..	—	—	25	33	2 50	6 »
94	Arc du Carrousel et Palais des Tuileries. . . . . . 24..	—	—	25	33	2 50	6 »
95	Fontainebleau (cour Ovale). . . . . 25..	—	—	25	33	2 50	6 »
96	Pont du Carrousel, vers le Louvre . . . . 26..	—	—	25	33	2 50	6 »
97	Place de la Concorde, vue générale. . . . . 27..	—	—	25	33	2 50	6 »
98	Obélisque de Luxor, avec les Fontaines. . . . . . 28..	—	—	25	33	2 50	6 »
99	Vue prise sur le Pont-Neuf, avec la statue d'Henri IV. 29..	—	—	25	33	2 50	6 »
100	Vue du Pont-Neuf et de la Cité. . . . . 30..	—	—	25	33	2 50	6 »

N°s D'ORDRE.	TITRES DES LITHOGRAPHIES.	N°s des pl.	NOMS des DESSINATEURS.	NOMS des LITHOGRAPHES.	CENTIMÈT. HAUTEUR.	CENTIMÈT. LARGEUR.	PRIX NOIR. fr. c.	PRIX COULEUR. fr. c.
101	Colonne de Juillet, vue du Boulevart	31..	Arnout.	Arnout.	26	34	2 50	6 »
102	Hôtel-de-Ville	32..	—	—	23	33	2 50	6 »
103	Palais de la Chambre des Pairs.	33..	—	—	23	33	2 50	6 »
104	Château de Versailles, vu du grand Tapis vert	34..	—	—	23	33	2 50	6 »
105	Vue générale de Paris et des Champs-Élysées, prise du haut de l'Arc-de-l'Étoile	35..	—	—	23	33	2 50	6 »

PARIS ET SES SOUVENIRS,

Illustré par ARNOUT.

Vues lithographiées, avec entourages caractéristiques à chaque monument, accompagnées d'un texte historique et explicatif, collection de 24 planches, prix en noir 60 fr., en couleur 120 fr.; SAVOIR:

N°s D'ORDRE.	TITRES DES LITHOGRAPHIES.	N°s des pl.	DESSINATEURS.	LITHOGRAPHES.	HAUTEUR.	LARGEUR.	NOIR.	COULEUR.
106	La Bourse	1..	Arnout.	Arnout.	27	29	»	»
107	La Madelaine.	2..	—	—	»	»	»	»
108	Notre-Dame	3..	—	—	»	»	»	»
109	Place et Colonne Vendôme.	4..	—	—	»	»	»	»
110	L'Arc-de-Triomphe de l'Étoile	5..	—	—	»	»	»	»
111	Place de la Concorde vers le Garde-Meuble.	6..	—	—	»	»	»	»
112	Le Panthéon	7..	—	—	»	»	»	»
113	Dôme des Invalides	8..	—	—	»	»	»	»
114	Arc-de-Triomphe du Carrousel.	9..	—	—	»	»	»	»
115	Pont du Carrousel	10..	—	—	»	»	»	»
116	Jardin des Plantes, Cabinet de Minéralogie.	11..	—	—	»	»	»	»
117	— côté de l'Amphithéâtre	12..	—	—	»	»	»	»
118	Jardin des Tuileries.	13..	—	—	»	»	»	»
119	Jardin du Palais-Royal.	14..	—	—	»	»	»	»
120	Hôtel des Invalides	15..	—	—	»	»	»	»
121	Palais de Justice, Salle des Pas-Perdus	16..	—	—	»	»	»	»
122	École Militaire	17..	—	—	»	»	»	»
123	Château des Tuileries	18..	—	—	»	»	»	»
124	Hôtel-de-Ville	19..	—	—	»	»	»	»
125	Palais du Luxembourg, côté du Jardin.	20..	—	—	»	»	»	»
126	Intérieur de l'Église Notre-Dame-de-Lorette.	21..	—	—	»	»	»	»
127	Palais-Royal, vue de la Galerie d'Orléans	22..	—	—	»	»	»	»
128	Chambre des Députés	23..	—	—	»	»	»	»
129	Porte-Saint-Denis et partie des Boulevarts.	24..	—	—	»	»	»	»

PARIS ET SES ENVIRONS,

Vues et monuments les plus remarquables, publiés par livraisons de 6 planches sur 1/4 jésus; prix de chaque en noir, 6 fr.; en couleur, 15 fr.; savoir:

N°s D'ORDRE.	TITRES DES LITHOGRAPHIES.	N°s des pl.	DESSINATEURS.	LITHOGRAPHES.	HAUTEUR.	LARGEUR.	NOIR.	COULEUR.
130	Panorama de Paris pris dessus l'Arc-de-Triomphe	1..	Arnout.	Arnout.	14	20	1 »	2 50
131	Place de la Concorde, prise du Jardin des Tuileries	2..	—	—	»	»	1 »	2 50
132	— prise du Pont	3..	—	—	»	»	1 »	2 50
133	Colonne de Juillet.	4..	—	—	»	»	1 »	2 50
134	Colonne de la place Vendôme.	5..	—	—	»	»	1 »	2 50
135	Intérieur de Notre-Dame	6..	—	—	»	»	1 »	2 50
136	Hôtel-de-Ville	7..	—	—	»	»	1 »	2 50
137	Le Panthéon	8..	—	—	»	»	1 »	2 50
138	Notre-Dame	9..	—	—	»	»	1 »	2 50
139	Jardin des Tuileries.	10..	—	—	»	»	1 »	2 50

N°ˢ D'ORDRE.	TITRES DES LITHOGRAPHIES.	N°ˢ des pl.	NOMS des DESSINATEURS.	NOMS des LITHOGRAPHES.	CENTIMÈT. HAUTEUR.	CENTIMÈT. LARGEUR.	PRIX NOIR.	PRIX COULEUR.
							fr. c.	fr. c.
140	Place de la Concorde	11..	Arnout.	Arnout.	14	20	1 »	2 50
141	Jardin du Palais-Royal.	12..	—	—	»	»	1 »	2 50
142	Chambre des Députés	13..	—	—	»	»	1 »	2 50
143	Château des Tuileries	14..	—	—	»	»	1 »	2 50
144	Ecole Militaire	15..	—	—	»	»	1 »	2 50
145	Palais du Luxembourg.	16..	—	—	»	»	1 »	2 50
146	Dôme des Invalides	17..	—	—	»	»	1 »	2 50
147	Arc-de-Triomphe du Carrousel	18..	—	—	»	»	1 »	2 50
148	Arc-de-Triomphe de l'Étoile.	19..	—	—	»	»	1 »	2 50
149	École des Beaux-Arts	20..	—	—	»	»	1 »	2 50
150	Intérieur de l'Église Notre-Dame-de-Lorette	21..	—	—	»	»	1 »	2 50
151	Galerie d'Orléans au Palais-Royal.	22..	—	—	»	»	1 »	2 50
152	Jardin-des-Plantes, Cabinet de Minéralogie	23..	—	—	»	»	1 »	2 50
153	Église de la Madeleine.	24..	—	—	»	»	1 »	2 50
154	Colonnade du Louvre	25..	—	—	»	»	1 »	2 50
155	Jardin-des-Plantes, côté de l'Amphithéâtre	26..	—	—	»	»	1 »	2 50
156	Rue Castiglione	27..	—	—	»	»	1 »	2 50
157	Salle des Pas-Perdus, au Palais de Justice.	28..	—	—	»	»	1 »	2 50
158	Rue de Rivoli	29..	—	—	»	»	1 »	2 50
159	Hôtel des Invalides	30..	—	—	»	»	1 »	2 50
160	Église Saint-Germain-l'Auxerrois.	31..	—	—	»	»	1 »	2 50
161	Cascade de Saint-Cloud	32..	—	—	»	»	1 »	2 50
162	Église Saint-Sulpice	33..	—	—	»	»	1 »	2 50
163	Porte-Saint-Denis.	34..	—	—	»	»	1 »	2 50
164	Place de la Bourse	35..	—	—	»	»	1 »	2 50
165	Le Pont du Carrousel.	36..	—	—	»	»	1 »	2 50

SOUVENIRS DU VIEUX PARIS,

Exemples d'architecture de temps et de styles divers ; 30 vues dessinées d'après nature et lithographiées par le comte Turpin de Crissé, avec des notices historiques et descriptives, par Mme la princesse de Craon, Mme la comtesse de Meulan et MM. de Beauchesne, Castellane, de Clarac, de Courchamps, Huyot, de Laporte, de Lasalle, Quatremère de Quincy, Raoul-Rochette, de Resseguier, Revoil, du Sommerard, de Vimeux, etc.

L'ouvrage complet avec 24 feuilles de texte, papier blanc, 40 fr. ; papier de Chine, 50 fr., en couleur, 100 f.

N°ˢ D'ORDRE.	TITRES DES LITHOGRAPHIES.	N°ˢ des pl.	NOMS des DESSINATEURS.	NOMS des LITHOGRAPHES.	HAUTEUR.	LARGEUR.	PRIX NOIR.	PRIX COULEUR.
166	Restes du Palais des Thermes.	1..	Turpin de Crissé.	Turpin de Crissé.	27	20	1 »	3 »
167	Intérieur du Palais des Thermes	2..	—	—	»	»	1 »	3 »
168	Clocher de l'Abbaye Saint-Germain-des-Prés	3..	—	—	»	»	1 »	3 »
169	Intérieur de Saint-Germain-des-Prés	4..	—	—	»	»	1 »	3 »
170	La Sainte-Chapelle	5..	—	—	»	»	1 »	3 »
171	Détails de la même	6..	—	—	»	»	1 »	3 »
172	Église Saint-Germain-l'Auxerrois	7..	—	—	»	»	1 »	3 »
173	Cour de l'Hôtel Cluny	8..	—	—	»	»	1 »	3 »
174	Hôtel de Sens.	9..	—	—	»	»	1 »	3 »
175	Les Tours de Notre-Dame.	10..	—	—	»	»	1 »	3 »
176	La Porte Rouge à Notre-Dame.	11..	—	—	»	»	1 »	3 »
177	Portique d'une Chapelle.	12..	—	—	»	»	1 »	3 »
178	Saint-Séverin.	13..	—	—	»	»	1 »	3 »
179	Tourelle de la Place de Grève	14..	—	—	»	»	1 »	3 »
180	— Rue des Bourdonnais	15..	—	—	»	»	1 »	3 »
181	Détails de cette Maison	16..	—	—	»	»	1 »	3 »
182	Maison du XVIᵉ siècle, rue Saint-Denis.	17..	—	—	»	»	1 »	3 »

N°s d'ordre.	TITRES DES LITHOGRAPHIES.	N°s des pl.	NOMS des DESSINATEURS.	NOMS des LITHOGRAPHES.	CENTIMÈT. HAUTEUR.	CENTIMÈT. LARGEUR.	PRIX NOIR.	PRIX COULEUR.
							fr. c.	fr. c.
183	Détails de cette Maison	18..	Turpin de Crissé.	Turpin de Crissé.	27	20	1 »	3 »
184	Maison rue Saint-Paul	19..	—	—	»	»	1 »	3 »
185	Saint-Étienne-du-Mont	20..	—	—	»	»	1 »	3 »
186	Escalier du Jubé —	21..	—	—	»	»	1 »	3 »
187	Hôtel du Carnavalet	22..	—	—	»	»	1 »	3 »
188	Colonne de l'hôtel de Soissons	23..	—	—	»	»	1 »	3 »
189	Arcade Saint-Jean	24..	—	—	»	»	1 »	3 »
190	Hôtel de Longueville	25..	—	—	»	»	1 »	3 »
191	Escalier du Tribunal de Commerce de Saint-Méry	26..	—	—	»	»	1 »	3 »
192	Tourelle de l'École-de-Médecine	27..	—	—	»	»	1 »	3 »
193	Tour du XIVe siècle	28..	—	—	»	»	1 »	3 »
194	Tourelles et Fragments	29..	—	—	»	»	1 »	3 »
195	Tourelles	30..	—	—	»	»	1 »	3 »

LE MOYEN-AGE PITTORESQUE,

Vues de monuments et détails d'architecture, armures, meubles, etc., du Xe au XVIIe siècle, dessinés d'après nature par Chapuy et autres, et lithographiés par les meilleurs artistes ; 180 planches in-folio, publiées en 30 livraisons de six feuilles formant 5 vol., avec un texte historique par M. Moret, avocat.

Prix de l'ouvrage complet sur papier blanc.................. 200 fr.
Dito épreuves sur Chine et texte, papier vélin............... 260
Dito exemplaires coloriés, papier vélin.................... 570

N°s d'ordre.	TITRES DES LITHOGRAPHIES.	N°s des pl.	NOMS des DESSINATEURS.	NOMS des LITHOGRAPHES.	CENTIMÈT. HAUTEUR.	CENTIMÈT. LARGEUR.	PRIX NOIR.	PRIX COULEUR.
196	Cathédrale de Senlis	1..	Chapuy.	Chapuy.	27	20	1 »	3 »
197	Cathédrale de Limoges	2..	—	Rouargue.	»	»	1 »	3 »
198	Portion de la clôture du Chœur de Sainte-Cécile d'Alby	3..	—	Boys.	»	»	1 »	3 »
199	Escalier du Château de Blois	4..	—	Monthelier.	»	»	1 »	3 »
200	Dressoir	5..	—	M. Alophe.	»	»	1 »	3 »
201	Chapiteaux de l'Abbaye Saint-Germain et Fenêtres de l'Église de Civray	6..	—	Turpin de Crissé.	»	»	1 »	3 »
202	Ancienne Église Saint-Pierre à Senlis	7..	—	Boys.	»	»	1 »	3 »
203	Saint-Séverin à Paris	8..	—	Chapuy.	»	»	1 »	3 »
204	Manoir de Saint-Ouen	9..	Turpin de Crissé.	Turpin de Crissé.	»	»	1 »	3 »
205	Tombeau du Christ à Thann	10..	Chapuy.	Monthelier.	»	»	1 »	3 »
206	Détails de la Salle Saint-Georges de Bocherville	11..	—	Danjoy.	»	»	1 »	3 »
207	Table et Chaise	12..	—	Boys.	»	»	1 »	3 »
208	Chapelle du Saint-Sang à Bruges	13..	Boys.	—	»	»	1 »	3 »
209	Hôtel-de-Ville à Arras	14..	—	—	»	»	1 »	3 »
210	Hôtel-de-Ville de Vendôme	15..	Turpin de Crissé.	Turpin de Crissé.	»	»	1 »	3 »
211	Portion de la façade de l'Église de Villefranche	16..	Chapuy.	Monthelier.	»	»	1 »	3 »
212	Boiserie du Musée de Dijon	17..	—	Danjoy.	»	»	1 »	3 »
213	Fauteuil du roi Stanislas et Chaises	18..	Boys.	Boys.	»	»	1 »	3 »
214	Saint-Pierre et Abbaye de la Trinité à Caen	19..	—	—	»	»	1 »	3 »
215	Cathédrale de Laon	20..	—	—	»	»	1 »	3 »
216	Maison en bois à Angers	21..	Turpin de Crissé.	Turpin de Crissé.	»	»	1 »	3 »
217	Notre-Dame-la-Grande à Poitiers	22..	Chapuy.	Monthelier.	»	»	1 »	3 »
218	Voussures, Rosaces de Saint-Gervais à Paris	23..	—	Tirpenne.	»	»	1 »	3 »
219	Chaises	24..	Boys.	Boys.	»	»	1 »	3 »
220	Notre-Dame-de-l'Épine, près Châlons	25..	Moret.	Victor Petit.	»	»	1 »	3 »
221	Ruines de l'Abbaye de Jumièges	26..	Andrieux.	Andrieux.	»	»	1 »	3 »
222	Palais des ducs de Lorraine à Nancy	27..	Chapuy.	Monthelier.	»	»	1 »	3 »
223	Chaire dans la Cathédrale à Strasbourg	28..	—	Villemin.	»	»	1 »	3 »
224	Façade de Ruffec	29..	—	Lehnert.	»	»	1 »	3 »
225	Deux Cadres et un Bénitier	30..	Boys.	Boys.	»	»	1 »	3 »

N° D'ORDRE.	TITRES DES LITHOGRAPHIES.	N° des pl.	NOMS des DESSINATEURS.	NOMS des LITHOGRAPHES.	CENTIMÈT. HAUTEUR.	CENTIMÈT. LARGEUR.	PRIX NOIR. fr.	c.	PRIX COULEUR. fr.	c.
226	Cathédrale de Berne	31..	Chapuy.	Villemin.	27	20	1	»	3	»
227	Église Saint-Jean à Elbœuf	32..	Moret.	Monthelier.	»	»	1	»	3	»
228	Portail latéral de Saint-Eustache à Paris	33..	Chapuy.	—	»	»	1	»	3	»
229	Fontaine à Bâle	34..	—	—	»	»	1	»	3	»
230	Détails de Notre-Dame-la-Grande à Poitiers	35..	—	Tirpenne.	»	»	1	»	3	»
231	Meuble	36..	Villemin.	Villemin.	»	»	1	»	3	»
232	Cloître de Saint-Jean-des-Rois à Tolède	37..	Asselineau.	Asselineau.	»	»	1	»	3	»
233	Ruines de l'Abbaye Saint-Bertin à Saint-Omer	38..	Jacottet.	Jacottet.	»	»	1	»	3	»
234	Maison habitée par la reine Blanche au Mans	39..	Bayot.	Bayot.	»	»	1	»	3	»
235	Portail de Saint-Oswald à Zug	40..	Chapuy.	Monthelier.	»	»	1	»	3	»
236	Une Porte de la Cathédrale de Séville	41..	Asselineau.	Asselineau.	»	»	1	»	3	»
237	Meuble	42..	—	—	»	»	1	»	3	»
238	Palais Doria à Gênes	43..	Chapuy.	Cuvillier.	»	»	1	»	3	»
239	Tour de la Giralda à Séville	44..	Asselineau.	Asselineau.	»	»	1	»	3	»
240	Partie du palais Doria à Gênes	45..	Chapuy.	Chapuy.	»	»	1	»	3	»
241	Tour de Stanz	46..	—	Monthelier.	»	»	1	»	3	»
242	Détails de la Cathédrale de Tolède	47..	Asselineau.	Asselineau.	»	»	1	»	3	»
243	Toilette en fer damasquiné provenant des Médicis	48..	—	—	»	»	1	»	5	»
244	Portail de l'Eglise de Thann (Alsace)	49..	Monthelier.	Monthelier.	»	»	1	»	3	»
245	Cathédrale de Bâle	50..	Chapuy.	Cuvillier.	»	»	1	»	3	»
246	Chapelle de Henri VII. Abbaye de Westminster	51..	Rouargue.	Rouargue.	»	»	1	»	5	»
247	Tombeau de Ferdinand et d'Isabelle dans la cathédrale de Grenade	52..	Asselineau.	Asselineau.	»	»	1	»	5	»
248	Porte du Jubé d'Alby	53..	Chapuy.	Danjoy.	»	»	1	»	3	»
249	Anciennes Tabatières et Nécessaire	54..	Asselineau.	Asselineau.	»	»	1	»	5	»
250	Cathédrale de Strasbourg	55..	Chapuy.	Chapuy.	»	»	1	»	5	»
251	Eglise de la Martorama à Palerme	56..	Girault de Prangey	Asselineau	»	»	1	»	3	»
252	Porte de la Maison des Enfants trouvés à Cordoue	57..	Asselineau.	—	»	»	1	»	5	»
253	Cathédrale de Suze	58..	Chapuy.	Monthelier.	»	»	1	»	5	»
254	Double Travée du Cloître d'Arles	59..	—	Asselineau.	»	»	1	»	5	»
255	Armure attribuée à Godefroy de Bouillon	60..	Asselineau.	—	»	»	1	»	5	»
256	Notre-Dame à Chalons-sur-Marne	61..	Moret.	Deroy.	»	»	1	»	5	»
257	Cloître de la Cathédrale de Zurich	62..	Girault de Prangey	Asselineau.	»	»	1	»	5	»
258	Eglise de Thann	63..	Chapuy.	M. Alophe.	»	»	1	»	5	»
259	Chaire Episcopale et Prie-Dieu dans l'Eglise de Moelln	64..	Ramée.	Ramée.	»	»	1	»	5	»
260	Partie de la façade de l'Eglise d'Auxerre	65..	Chapuy.	Bachelier.	»	»	1	»	3	»
261	Horloge en fer damasquiné	66..	Asselineau.	Asselineau.	»	»	1	»	3	»
262	Intérieur de l'Alcazar à Séville	67..	—	—	»	»	1	»	5	»
263	Flèche de l'Eglise de Harfleur	68..	Herson.	Herson.	»	»	1	»	5	»
264	Chapelle de Rosslyn	69..	Dupressoir.	Dupressoir.	»	»	1	»	5	»
265	Chaire dans la Cathédrale de Fribourg	70..	Desjardin.	Bachman.	»	»	1	»	5	»
266	Détails de la Chaire de Ravelle	71..	Girault de Prangey	Herson.	»	»	1	»	5	»
267	Casque de Henri IV et autres armes	72..	Asselineau.	Asselineau.	»	»	1	»	5	»
268	Chapelle de Villa-Viciosa dans la cathédrale de Cordoue	73..	—	—	»	»	1	»	5	»
269	Hôtel du Saumon à Malines	74..	Dupressoir.	Dupressoir.	»	»	1	»	5	»
270	Cloître de la Cathédrale à Gironne	75..	Girault de Prangey	Asselineau.	»	»	1	»	5	»
271	Abside de Notre-Dame à Paris	76..	Chapuy.	Bachelier.	»	»	1	»	5	»
272	Chapiteaux de Saint-Germain-des-Prés à Paris	77..	—	Danjoy.	»	»	1	»	5	»
273	Armure aux Lions de François 1er et lances, etc., du Musée d'Artillerie	78..	Asselineau.	Asselineau.	»	»	1	»	5	»
274	Bassin du Commerce à Gand	79..	Dupressoir.	Dupressoir.	»	»	1	»	5	»
275	Cathédrale de Beauvais (façade)	80..	Asselineau.	Bachman.	»	»	1	»	5	»
276	Id. (Intérieur)	81..	—	Asselineau.	»	»	1	»	5	»

N°s d'ordre.	TITRES DES LITHOGRAPHIES.	N°s des pl.	NOMS des DESSINATEURS.	NOMS des LITHOGRAPHES.	CENTIMÈT. Hauteur.	Largeur.	PRIX Noir. fr. c.	PRIX Couleur. fr. c.
277	Maison sur le grand canal à Venise	82..	Turpin de Crissé.	Turpin de Crissé.	27	20	1 »	3 »
278	Détails de l'Église Saint-Étienne à Beauvais	83..	Asselineau.	Asselineau.	»	»	1 »	3 »
279	Casques de Bajazet II, et autres du Musée d'Artillerie.	84..	—	—	»	»	1 »	3 »
280	Cathédrale de Guebwiller	85..	Chapuy.	Jacottet.	»	»	1 »	3 »
281	Cathédrale de Tolède	86..	Asselineau.	Asselineau.	»	»	1 »	3 »
282	Id. intérieur	87..	—	—	»	»	1 »	3 »
283	Fontaine Delille à Clermont	88..	Desjardins.	Desjardins.	»	»	1 »	3 »
284	Une Stalle	89..	Asselineau.	Asselineau.	»	»	1 »	3 »
285	Chaises et Bénitier	90..	Rouargue.	Rouargue.	»	»	1 »	3 »
286	Chapelle de Saint-Erasme, Abbaye de Westminster.	91..	—	—	»	»	1 »	3 »
287	Cathédrale de Palerme	92..	Girault de Prangey	Asselineau.	»	»	1 »	3 »
288	Eglise de Saint-Nizier à Lyon	93..	Chapuy.	Bachelier.	»	»	1 »	3 »
289	Niche de la Cathédrale à Sens	94..	—	—	»	»	1 »	3 »
290	Dressoir	95..	Asselineau.	Asselineau.	»	»	1 »	3 »
291	Dagues et Épée	96..	—	—	»	»	1 »	3 »
292	Saint-George à Bocherville	97..	André Durand.	André Durand.	»	»	1 »	3 »
293	Intérieur de Saint-Maclou à Rouen	98..	Herson.	Herson.	»	»	1 »	3 »
294	Escalier dans l'intérieur de cette église	99..	—	—.	»	»	1 »	3 »
295	Hôpital de Santa-Cruz à Tolède	100..	Asselineau.	Asselineau.	»	»	1 »	3 »
296	Serrures	101..	—	—	»	»	1 »	3 »
297	Chaire Épiscopale au Musée du Louvre	102..	—	—	»	»	1 »	3 »
298	Tombeau de Saint-Sébald à Nuremberg	103..	Roindel.	—	»	»	1 »	3 »
299	Cathédrale de Noyon	104..	Moret.	Emile Deroy.	»	»	1 »	3 »
300	Place du Palais-Vieux à Florence	105..	Chapuy.	Arnout.	»	»	1 »	3 »
301	Chaire de Freyberg, en Saxe	106..	Léon Delaborde.	Asselineau.	»	»	1 »	3 »
302	Façade de la même	107..	—	—	»	»	1 »	3 »
303	Détails de la même	108..	—	—	»	»	1 »	3 »
304	Dôme de Côme	109..	Chapuy.	Cuvillier.	»	»	1 »	3 »
305	Compo-Santo à Pise	110..	Deroy.	Herson.	»	»	1 »	3 »
306	Dôme de Milan	111..	Chapuy.	Chapuy.	»	»	1 »	3 »
307	Saint-Ambroise à Milan	112..	—	Asselineau.	»	»	1 »	3 »
308	Eglise de Saint-François à Assise	113..	—	J. Arnout.	»	»	1 »	3 »
309	Verreries Vénitiennes et Flamandes	114..	Asselineau.	Asselineau.	»	»	1 »	3 »
310	Intérieur de la Cathédrale à Cordoue	115..	—	—	»	»	1 »	3 »
311	La Tour penchée et l'Abside de la Cathédrale à Pise.	116..	Deroy.	Cuvillier.	»	»	1 »	3 »
312	San-Giovanni à Turin	117..	Chapuy.	Asselineau.	»	»	1 »	3 »
313	Façade Saint-Laurent à Gênes	118..	—	Chapuy.	»	»	1 »	3 »
314	Pieds-droits des Portes Saint-Gilles et Saint-Denis.	119..	—	—	»	»	1 »	3 »
315	Meuble au Musée du Louvre	120..	Asselineau.	Asselineau.	»	»	1 »	3 »
316	Intérieur de l'Eglise de Caudebec, Normandie	121..	Herson.	Herson.	»	»	1 »	3 »
317	Cathédrale d'Amiens, façade	122..	Bachman,	Bachman.	»	»	1 »	3 »
318	— côté Nord-Est	123..	Girault de Prangey	Monthelier.	»	»	1 »	3 »
319	Colonnes et Supports de la Cathédrale de Bourges..	124..	Chapuy.	Asselineau.	»	»	1 »	3 »
320	Portail de Saint-Gilles	125..	—	Danjoy.	»	»	1 »	3 »
321	Casque de Henri II, Bouclier du Musée d'Artillerie.	126..	Asselineau.	Asselineau.	»	»	1 »	3 »
322	Cathédrale de Reims, façade	127..	—	—	»	»	1 »	3 »
323	Galerie de la Cour de Los Munecos, Alcazar de Séville.	128..	Girault de Prangey	—	»	»	1 »	3 »
324	Fragment mauresque à Tarragone	129..	—	Bachelier.	»	»	1 »	3 »
325	Eglise du Château à Chambéry	130..	Chapuy.	Jacottet.	»	»	1 »	3 »
326	Détails de Notre-Dame-du-Port à Clermont	131..	—	Chapuy.	»	»	1 »	3 »
327	Epée, forme de cimeterre, à M. de Courval	132..	Asselineau.	Asselineau.	»	»	1 »	3 »
328	Cathédrale de Lyon	133..	Chapuy.	Jacottet.	»	»	1 »	3 »

Nᵒˢ d'ordre.	TITRES DES LITHOGRAPHIES.	Nᵒˢ des pl.	NOMS des DESSINATEURS.	NOMS des LITHOGRAPHES.	CENTIMÈT. LARGEUR.	CENTIMÈT. HAUTEUR.	PRIX NOIR.	PRIX COULEUR.
							fr. c.	fr. c.
329	Dôme de Florence	134..	Chapuy.	Cuvillier.	27	20	1 »	3 »
330	Cloître de Monréal, en Sicile	135..	Nicolle.	Nicolle.	»	»	1 »	3 »
331	Maison en bois à Chartres	136..	Jacottet.	Jacottet.	»	»	1 »	3 »
332	Portail du Nord de la Cathédrale de Sens	137..	Chapuy.	Bachelier.	»	»	1 »	3 »
333	Lit en Bois de Noyer sculpté	138..	Asselineau.	Asselineau.	»	»	1 »	3 »
334	Cathédrale de Rouen avec la nouvelle flèche	139..	—	—	»	»	1 »	3 »
335	Intérieur de la même, tombeau de Louis de Brézé	140..	Herson.	Herson.	»	»	1 »	3 »
336	Tombeau dans l'Eglise d'Arundel, Angleterre	141..	Bachman.	Bachman.	»	»	1 »	3 »
337	Cathédrale de Céfalu, en Sicile	142..	Girault de Prangey	Jacottet.	»	»	1 »	3 »
338	Détails du cloître d'Arles	143..	Chapuy.	Chapuy.	»	»	1 »	3 »
339	Fauchard des Gardes du Pape Borghèse, masses d'Armes et Eperons	144..	Asselineau.	Asselineau.	»	»	1 »	3 »
340	Cathédrale de Milan, façade	145..	Arnout.	Arnout.	»	»	1 »	3 »
341	Saint-Pierre à Rome	146..	Chapuy.	Bachelier.	»	»	1 »	3 »
342	Vue du Capitole à Rome	147..	Bilmarck.	Arnout.	»	»	1 »	3 »
343	Portail de la Cathédrale de Lausanne	148..	Chapuy.	Monthelier.	»	»	1 »	3 »
344	Détails de la Cathédrale de Vienne, en Dauphiné	149..	—	Chapuy.	»	»	1 »	3 »
345	Armement d'un Chevalier au XVIᵉ siècle	150..	Bayot.	Bayot.	»	»	1 »	3 »
346	Real Audiencia à Barcelonne	151..	Girault de Prangey	Cuvillier.	»	»	1 »	3 »
347	Eglise Saint-Jacques à Nuremberg	152..	Bilmarck.	Jacottet.	»	»	1 »	3 »
348	Cathédrale de Chartres	153..	Wild.	Bachman.	»	»	1 »	3 »
349	Chapelle du Saint-Sépulcre à Notre-Dame de Semur	154..	Bizard.	Nicolle.	»	»	1 »	3 »
350	Portail des blés à Semur	155..	—	Chapuy.	»	»	1 »	3 »
351	Meuble	156..	Léon Noël.	Léon Noël.	»	»	1 »	3 »
352	Hôtel-de-Ville de Bruxelles	157..	Chapuy.	Benoist.	»	»	1 »	3 »
353	Cathédrale de Bruxelles	158..	—	Arnout.	»	»	1 »	3 »
354	Eglise Saint-Castor à Coblentz	159..	—	Jacottet.	»	»	1 »	3 »
355	Abbaye de Laaken, près Andernach	160..	—	—	»	»	1 »	3 »
356	Porte de la Cathédrale de Cologne	161..	Bachelier.	Bachelier.	»	»	1 »	3 »
357	Croisée et Vitraux de la Cathédrale de Cologne	162..	Bachman.	Bachman.	»	»	1 »	3 »
358	Fontaine — à Nuremberg	163..	Asselineau.	Asselineau.	»	»	1 »	3 »
359	Nuremberg, vers le Château —	164..	Bilmarck.	Bilmarck.	»	»	1 »	3 »
360	La rue de l'Empereur —	165..	—	Jacottet.	»	»	1 »	3 »
361	Intérieur de l'Église Saint-Sébald à Nuremberg	166..	—	Villemin.	»	»	1 »	3 »
362	Bas-reliefs du Tombeau de Saint Sébald id.	167..	—	—	»	»	1 »	3 »
363	Triptyque	168..	Asselineau.	Asselineau.	»	»	1 »	3 »
364	Cathédrale et Tour Saint-André à Bordeaux	169..	Chapuy.	Benoist.	»	»	1 »	3 »
365	Saint-Martin à Cologne	170..	—	Bichebois.	»	»	1 »	3 »
366	Reinsée	171..	—	Jacottet.	»	»	1 »	3 »
367	Porte de San-Giovanni à Naples	172..	Girault de Prangey	Monthelier.	»	»	1 »	3 »
368	Cheminée du temps de Henri II dans la Grande Salle du Château de Joure	173..	Jolimont.	Asselineau.	»	»	1 »	3 »
369	Bouclier	174..	Asselineau.	—	»	»	1 »	3 »
370	Château de Heidelberg (extérieur)	175..	Chapuy.	Cuvillier.	»	»	1 »	3 »
371	Le même (intérieur)	176..	—	St-Aulaire.	»	»	1 »	3 »
372	Salzburg	177..	Bilmarck.	Cuvillier.	»	»	1 »	3 »
373	Prague, avec le Pont	178..	Christensen.	Jacottet.	»	»	1 »	3 »
374	Franz de Sickingen, d'après A. Durer	179..	A. Durer.	Léon Noël.	»	»	1 »	3 »
375	Ulrich de Hutten, —	180..	—	—	»	»	1 »	3 »

Nos d'ordre.	TITRES DES LITHOGRAPHIES.	Nos des pl.	NOMS des DESSINATEURS.	NOMS des LITHOGRAPHES.	HAUTEUR.	LARGEUR.	PRIX NOIR.		PRIX COULEUR.	
							fr.	c.	fr.	c.
	LE MOYEN-AGE MONUMENTAL ET ARCHÉOLOGIQUE, Ou vues des Édifices les plus remarquables de cette époque en Europe, avec un texte par nos premiers archéologues, exposant l'histoire de l'art d'après les monuments ; ouvrage encouragé par le gouvernement français, et exécuté d'après les dessins de MM. Benoist, Chapuy, Latteux, Daniel Ramée et autres. Il se composera de 60 à 80 livraisons de 6 planches ; prix de chaque, en noir, 6 fr., papier de Chine 8 fr., en couleur 18 fr.									
376	Notre-Dame de Paris..	1..	Benoist.	Benoist.	20	27	1	»	3	»
377	Saint-Ouen à Rouen.	2..	Arnout.	Arnout	»	»	1	»	3	»
378	Intérieur de la Cathédrale de Sienne..	3..	Chapuy.	—	»	»	1	»	3	»
379	Cathédrale d'Amiens, portail de droite..	4..	Monthelier.	Monthelier.	»	»	1	»	3	»
380	Tombeau de Marguerite d'Autriche, Cathédrale de Brou.	5..	Chapuy.	Danjoy.	»	»	1	»	3	»
381	Portail méridional de la Cathédrale de Bourges....	6..	—	Bachelier.	»	»	1	»	3	»
382	Cathédrale de Fribourg..	7..	Arnout.	Arnout.	»	»	1	»	3	»
383	Une Chapelle de Saint-Antoine de Padoue.	8..	Chapuy.	Chapuy.	»	»	1	»	3	»
384	Hôtel-de-Ville de Louvain.	9..	—	Benoist.	»	»	1	»	3	»
385	Cathédrale de Chartres, Clôture du chœur.	10..	Benoist.	—	»	»	1	»	3	»
386	Couronnement des stalles de la Cathédrale d'Amiens.	11..	Monthelier.	Bachelier.	»	»	1	»	3	»
387	Détails de la Cathédrale de Cologne.	12..	Bachelier.	—	»	»	1	»	3	»
388	Portail de l'ouest à Chartres.	13..	Benoist.	Benoist.	»	»	1	»	3	»
389	Cathédrale de Brou à Bourg en Bresse.	14..	De St-Didier.	—	»	»	1	»	3	»
390	Maison-de-Ville à Sienne.	15..	Chapuy.	Arnout.	»	»	1	»	3	»
391	Cathédrale de Spire.	16..	Arnout.	—	»	»	1	»	3	»
392	Rosace de l'Église Saint-Ouen à Rouen..	17..	Chapuy.	Bachelier.	»	»	1	»	3	»
393	Tabernacle en pierre dans les ruines de l'Église Sainte-Gertrude (près Caudebec).	18..	Mansson.	Mansson.	»	»	1	»	3	»
394	Cathédrale de Chartres.	19..	Benoist.	Jacottet et Benoist	»	»	1	»	3	»
395	— Portail méridional..	20..	—	—	»	»	1	»	3	»
396	— Portail septentrional.	21..	—	—	»	»	1	»	3	»
397	Cour du Palais Saint-Marc, Escalier des Géans à Venise.	22..	Chapuy.	Cuvillier.	»	»	1	»	3	»
398	Obélisque et Bénitiers de la Cathédrale de Semur...	23..	Bizard.	Guesdon.	»	»	1	»	3	»
399	Tour St-Jean à Auxerre.—Tour St-André à Vienne.	24..	Chapuy.	Chapuy.	»	»	1	»	3	»
400	Cathédrale de Sienne..	25..	—	Arnout.	»	»	1	»	3	»
401	Intérieur de la Cathédrale.	26..	Villemin.	Villemin.	»	»	1	»	3	»
402	Hôtel-de-Ville à Cologne.	27..	Chapuy.	Benoist.	»	»	1	»	3	»
403	Portail de la Cathédrale de Strasbourg.	28..	—	Bachelier.	»	»	1	»	3	»
404	Tabernacle dans l'Église Saint-Laurent. — Détails du Presbytère de Saint-Sébald.	29..	Bachelier.	Bachelier.	»	»	1	»	3	»
405	Détails de la Cathédrale d'Évreux.	30..	Peyre.	Peyre.	»	»	1	»	3	»
406	Cathédrale de Strasbourg.	31..	Asselineau.	Asselineau.	»	»	1	»	3	»
407	Intérieur de l'Église Saint-Jacques à Liége.	32..	Latteux.	Villemin.	»	»	1	»	3	»
408	Cathédrale de Mayence..	33..	Chapuy.	Benoist.	»	»	1	»	3	»
409	Tribune du Maître-Autel (dit de la Confession) à Saint-Ambroise à Milan.	34..	—	Bachelier.	»	»	1	»	3	»
410	Fragment de la Porte Latérale de la Cathédrale de Palerme.	35..	Girault de Prangey	Monthelier.	»	»	1	»	3	»
411	Détails de la Crypte de Saint-Zénon à Vérone....	36..	Chapuy.	Bachelier.	»	»	1	»	3	»
412	Cathédrale de Rouen	37..	—	—	»	»	1	»	3	»
413	Palais-de-Justice à Rouen.	38..	Arnout.	Arnout.	»	»	1	»	3	»
414	La Maison dite des Nassau à Nuremberg	39..	Bitmarck.	Monthelier.	»	»	1	»	3	»
415	Cheminée de la Salle des Gardes du Palais des Ducs de Bourgogne à Dijon.	40..	Jolimont.	Guesdon.	»	»	1	»	3	»
416	Abside de N. Dame du Port à Clermont.	41..	Chapuy.	Bulton.	»	»	1	»	3	»
417	Détails de l'Abbaye de Westminster et de Crosbyhall	42..	Bachelier.	Bachelier.	»	»	1	»	3	»

Nᵒˢ d'ordre.	TITRES DES LITHOGRAPHIES.	Nᵒˢ des pl.	NOMS des DESSINATEURS.	NOMS des LITHOGRAPHES.	CENTIMÈT. HAUTEUR.	CENTIMÈT. LARGEUR.	PRIX NOIR.	PRIX COULEUR.
							fr. c.	fr. c.
418	Cathédrale d'Orléans	43..	Benoist.	Benoist.	27	20	1 »	3 »
419	Chœur de la Cathédrale d'Amiens	44..	Asselineau.	Asselineau.	»	»	1 »	3 »
420	Hôtel-de-Ville d'Audenarde	45..	Latteux.	Bachelier.	»	»	1 »	3 »
421	Porte della Carta, Palais Ducal à Venise	46..	Chapuy.	Benoist.	»	»	1 »	3 »
422	Portail Principal de l'Église d'Holyrood	47..	Quaglio.	Bachelier.	»	»	1 »	3 »
423	Flèches de l'Abbaye-aux-Hommes à Caen	48..	Chapuy.	Bulton.	»	»	1 »	3 »
424	Eglise de Caudebec.	49..	Latteux.	Asselineau.	»	»	1 »	3 »
425	Intérieur de l'Eglise Saint-Ouen à Rouen	50..	Chapuy.	—	»	»	1 »	3 »
426	Eglise de Mantes	51..	Deroy.	Deroy.	»	»	1 »	3 »
427	Rétable dans l'Eglise de Brou	52..	Benoist.	Benoist.	»	»	1 »	3 »
428	Tourelles à Inspruck, Tyrol	53..	Latteux.	Cuvillier.	»	»	1 »	3 »
429	Chapiteau du Portique du Palais Saint-Marc, détail du Cloître d'Aoste	54..	Chapuy.	Bachelier.	»	»	1 »	3 »
430	Notre-Dame à Nuremberg.	55..	Bilmark.	Arnout.	»	»	1 »	3 »
431	Intérieur de la Cathédrale à Rouen	56..	Asselineau.	Asselineau.	»	»	1 »	3 »
432	Eglise de Saint-Père, près Vezelay.	57..	Chapuy.	Benoist.	α	»	1 »	3 »
433	Cathédrale de Rouen, Portique méridional.	58..	—	—	»	»	1 »	3 »
434	Eglise Saint-Sébald à Nuremberg.	59..	A. Mathieu.	A. Mathieu.	»	»	1 »	3 »
435	Détails du Cloître d'Aix.	60..	Chapuy.	Benoist.	»	»	1 »	3 »
436	Cathédrale de Metz.	61..	Latteux.	Arnout.	»	»	1 »	3 »
437	Cloître de Saint-Antoine de Padoue	62..	Chapuy.	—	»	»	1 »	3 »
438	Eglise de Sinzig.	63..	—	Bichebois.	»	»	1 »	3 »
439	Portail du Dôme de Ratisbonne	64..	A Mathieu.	Monthelier.	»	»	1 »	3 »
440	Rosace de l'Eglise Notre-Dame de Paris.	65..	Bachelier.	Bachelier.	»	»	1 »	3 »
441	Détails de Saint-Michel de Pavie	66..	Chapuy.	Benoist.	»	»	1 »	3 »
442	Cathédrale de Canterbury	67..	Benoist.	—	»	»	1 »	3 »
443	Intérieur de l'Eglise de Caudebec.	68..	Chapuy.	Herson.	»	»	1 »	3 »
444	Cathédrale de Novare.	69..	—	Arnout.	»	»	1 »	3 »
445	Fragment latéral du Dôme de Florence	70..	—	Bachelier.	»	»	1 »	3 »
446	Monument du XVᵉ siècle de la Chartreuse à Dijon, appelé Puits de Moïse.	71..	De Jolimont.	Bayot.	»	»	1 »	3 »
447	Chapitaux de l'intérieur de Saint-Marc à Venise	72..	Chapuy.	Bachelier.	»	»	1 »	3 »
448	Dôme de Padoue	73..	—	Bichebois.	»	»	1 »	3 »
449	Chœur de l'Eglise Saint-Jacques à Liège.	74..	Latteux.	Villemin.	»	»	1 »	5 »
450	Portique de Saint-Zénon à Vérone.	75..	Chapuy.	Bachelier.	»	»	1 »	3 »
451	Hôtel-de-Ville et Teinkirche à Prague	76..	Arnout.	Arnout.	»	»	1 »	3 »
452	Porte latérale et Détails extérieurs de l'Eglise Notre-Dame-du-Port à Clermont-Ferrand.	77..	L. Courtin.	L. Courtin.	»	»	1 »	3 »
453	Chapiteaux de la Cathédrale de Sens	78..	Chapuy.	Bulton.	»	»	1 »	3 »
454	Portail occidental de la Cathédrale de Reims.	79..	Benoist.	Benoist.	»	»	1 »	3 »
455	Dôme de Trente.	80..	Bilmarck.	Arnout.	»	»	1 »	3 »
456	Cathédrale de Worms, Portail méridional.	81..	A. Mathieu.	A. Mathieu.	»	»	1 »	3 »
457	Schœn-Brunnen, Fontaine à Nuremberg.	82..	Bilmark.	Deroy.	»	»	1 »	3 »
458	Porte et Détails du Baptistère de Pise.	83..	Chapuy.	Bachelier.	»	»	1 »	3 »
459	Cartouches du Portail latéral, Cathédrale de Rouen.	84..	J. Peyre.	J. Peyre.	»	»	1 »	3 »
460	Façade de la Cathédrale de Laon.	85..	Benoist.	Guesdon.	»	»	1 »	3 »
461	Grande salle du Palais-de-Justice à Rouen.	86..	Chapuy.	Arnout.	»	»	1 »	3 »
462	Portail occidental de la Cathédrale de Vérone	87..	—	Chapuy.	»	»	1 »	3 »
463	Portail occidental de Saint-Antoine à Compiègne.	88..	Bachelier.	Bachelier.	»	»	1 »	3 »
464	Détails dans l'Intⁱ de la Chapelle au château d'Amboise.	89..	J. Peyre.	J. Peyre.	»	»	1 »	3 »
465	Fragment d'une Porte de Saint-Zénon à Vérone.	90..	Chapuy.	Bulton.	»	»	1 »	3 »
466	Cathédrale de Bayeux	91..	—	Bachelier.	»	»	1 »	3 »
467	Intérieur du cloître de Sainte-Trophime à Arles.	92..	Arnout.	Arnout.	»	»	1 »	3 »

Nᵒˢ D'ORDRE.	TITRES DES LITHOGRAPHIES.	NOMS des DESSINATEURS.	NOMS des LITHOGRAPHES.	CENTIMÈT. HAUTEUR.	CENTIMÈT. LARGEUR.	PRIX NOIR.	PRIX COULEUR.
						fr. c.	fr. c.
468	Dôme de Sainte-Madelaine à Asti . . . . 93..	Chapuy.	Guesdon.	27	20	1 »	3 »
469	Hôtel-de-Ville de Dantzig . . . . 94..	—	Arnout.	»	»	1 »	3 »
470	Bas-relief de Notre-Dame de Paris . . . . 95..	Girault de Prangey	J. Peyre.	»	»	1 »	3 »
471	Consoles et Culs-de-Lampe de St-Germain-l'Auxerrois à Paris . . . . 96..	J. Peyre.	—	»	»	1 »	3 »
472	Portail occidental de l'Église cathédrale d'Amiens. . . 97..	Benoist.	Benoist.	»	»	1 »	3 »
473	Intérieur du Cloître d'Aix. . . . . 98..	Chapuy.	Cuvillier.	»	»	1 »	3 »
474	Portail occidental de l'Église cathédrale de Parme.. . 99..	—	Chapuy.	»	»	1 »	3 »
475	Portail méridional de la Cathédrale Saint-André à Bordeaux. . . . . 100..	Cuvillier.	Cuvillier.	»	»	1 »	3 »
476	Détails de l'intérieur de la Chapelle du château d'Amboise 101..	J. Peyre	J. Peyre.	»	»	1 »	3 »
477	Notre-Dame de Paris, Chapiteaux de la tribune supérieure ou Triforium au-dessus du chœur. . . . . 102..	—	—	»	»	1 »	3 »
478	Saint-Jean, Cathédrale de Lyon . . . . 103..	Benoist.	Benoist.	»	»	1 »	3 »
479	Chœur de l'Église Saint-Remy à Reims. . . . . . . 104..	Villemin.	Villemin.	»	»	1 »	3 »
480	Escalier de la Bibliothèque de la Cathédrale de Rouen. 105..	—	—	»	»	1 »	3 »
481	Portail de l'Église Saint-Méry à Paris. . . . . . . 106..	Bachelier.	Bachelier.	»	»	1 »	3 »
482	Détails de l'Audiencia Réal de Barcelone . . . . . . 107..	Chapuy.	—	»	»	1 »	3 »
483	Clochetons et Balustrade de la Tour Saint-Jacques-la-Boucherie à Paris. . . . . 108..	J. Peyre.	J. Peyre.	»	»	1 »	3 »
484	Église de Rue (département de la Somme), façade septentrionale. . . . . 109..	Benoist.	Benoist.	»	»	1 »	3 »
485	Cloître Saint-Nicaise à Reims. . . . . 110..	Courtin.	Courtin.	»	»	1 »	3 »
486	Cathédrale d'Autun, vue sud-est. . . . . 111..	Benoist.	Benoist.	»	»	1 »	3 »
487	Le Généralife à Grenade. . . . . 112..	Asselineau.	Asselineau.	»	»	1 »	3 »
488	Extrémité intérieure du Transept méridional de l'Église de Saint-Quentin. . . . . 113..	Benoist.	Guesdon.	»	»	1 »	3 »
489	Détails de l'Église de Rue (département de la Somme). 114..	—	Benoist.	»	»	1 »	3 »
490	Cloître d'Arles.. . . . . 115..	Chapuy.	—	»	»	1 »	3 »
491	Intérieur du Dôme de Bamberg. . . . . 116..	Mathieu.	Asselineau.	»	»	1 »	3 »
492	Beffroi de Bruges. . . . . 117..	Latteux.	—	»	»	1 »	3 »
493	Tombeau de Scaliger à Vérone. . . . . 118..	Chapuy.	Bachelier.	»	»	1 »	3 »
494	Détails de la Façade (Cathédrale de Reims). . . . . 119..	J. Peyre	J. Peyre.	»	»	1 »	3 »
495	Plans des Cathédrales de Reims et d'Amiens. . . . . 120..	Daniel Ramée.	Hibon.	»	»	1 »	3 »
496	Église de Notre-Dame-du-Port à Clermont-Ferrand. . 121..	Louis Courtin.	Louis Courtin.	»	»	1 »	3 »
497	Intérieur de la Cathédrale de Chartres. . . . . . . 122..	Benoist.	Asselineau.	»	»	1 »	3 »
498	Église de Saint-Martin à l'Aigle. . . . . 123..	Moret.	Deroy.	»	»	1 »	3 »
499	Fragment d'une maison à Valence. . . . . 124..	Chapuy.	Guesdon.	»	»	1 »	3 »
500	Balustrades de la Façade méridionale, Cathédrale de Senlis. . . . . 125..	Benoist.	J. Peyre.	»	»	1 »	3 »
501	Bases et Chapiteaux, Cathédrale de Laon. . . . . 126..	—	—	»	»	1 »	3 »
502	Église de Santa-Maria della Spina à Pise.. . . . . 127..	Chapuy.	Bachelier.	»	»	1 »	3 »
503	Intérieur de l'Église Sainte-Croix à Saint-Lô. . . . 128..	Benoist.	Benoist.	»	20	1 »	3 »
504	Façade de la Cathédrale d'Aix. . . . . 129..	Chapuy.	Guesdon.	»	»	1 »	3 »
505	Chaire du Baptistère de Pise. . . . . 130..	—	Asselineau.	»	»	1 »	3 »
506	Bases et Chapiteaux, Cathédrale de Reims . . . . . 131..	Benoist.	J. Peyre.	»	»	1 »	3 »
507	Bas-reliefs et Clef de voûte, Cathédrale de Bayeux. . 132..	—	—	»	»	1 »	3 »
508	Église d'Andernach. . . . . 133..	Chapuy.	Guesdon.	»	»	1 »	3 »
509	L'un des Piliers du Chœur, Cathédrale de Milan. . . 134..	—	Bachelier.	»	»	1 »	3 »
510	Cathédrale de Bordeaux. . . . . 135..	—	Guesdon.	»	»	1 »	3 »
511	Tour centrale et Croisillon de la Cathédrale de Valence. 136..	—	Bachelier.	»	»	1 »	3 »
512	Divers fragments de Sculpture, Cathédrale de Reims . 137..	Benoist.	J. Peyre.	»	»	1 »	3 »
513	Détail à l'Intérieur près la porte d'entrée, Cathédrale de Reims . . . . 138..	—	—	»	»	1 »	3 »
514	Cathédrale d'Anvers. . . . . 139..	Chapuy.	Arnout.	»	»	1 »	3 »

N°s d'ordre.	TITRES DES LITHOGRAPHIES.	NOMS des DESSINATEURS.	NOMS des LITHOGRAPHES.	CENTIMÈT. HAUTEUR.	CENTIMÈT. LARGEUR.	PRIX NOIR.	PRIX COULEUR.
						fr. c.	fr. c.
515	Tour des Gendarmes à Caen. . . . . 140..	Benoist.	Herson.	27	20	1 »	3 »
516	Intérieur du Baptistère de Pise. . . . . 141..	Chapuy.	—	»	»	1 »	3 »
517	Porte du cloître de Burgos. . . . . 142..	—	Bachelier.	»	»	1 »	3 »
518	Cuve baptismale du Baptistère de Pise.. . . . . . . 143..	—	J. Peyre.	»	»	1 »	3 »
519	Porte et Fenêtre de la Maison d'Ablala à Valence. . 144..	—	—	»	»	1 »	3 »
520	Cathédrale de Senlis, Portail occidental. . . . . . 145..	Benoist.	Benoist.	»	»	1 »	3 »
521	Intérieur de la Cathédrale de Bayeux. . . . . 146..	Chapuy.	Asselineau.	»	»	1 »	3 »
522	Tour Saint-Marc à Séville.. . . . . 147..	—	Bachelier.	»	»	1 »	3 »
523	Mosaïque et Pavé du Dôme de Saint-Marc à Venise. . 148..	—	—	»	»	1 »	3 »
524	Porte du Cloître de Barcelone.. . . . . 149..	—	—	»	»	1 »	3 »
525	Chapiteaux et Bases, Cathédrale de Reims . . . . . 150..	Benoist.	J. Peyre.	»	»	1 »	3 »

ARMES, ARMURES, MEUBLES ET OBJETS DIVERS DU MOYEN-AGE ET DE LA RENAISSANCE,

DESSINÉS D'APRÈS NATURE DANS LES PRINCIPAUX MUSÉES ET CABINETS DE L'EUROPE, ET LITHOGRAPHIÉS PAR ASSELINEAU.

Cette collection se composera de 30 livraisons composées chacune de 6 planches. Un texte explicatif paraîtra à la fin de l'ouvrage et sera délivré gratis aux souscripteurs. — Prix de chaque livraison papier blanc 6 fr., papier de Chine 8 fr., en couleur 18 fr.

Titre-Frontispice.

N°s d'ordre.	TITRES DES LITHOGRAPHIES.	NOMS des DESSINATEURS.	NOMS des LITHOGRAPHES.	CENTIMÈT. HAUTEUR.	CENTIMÈT. LARGEUR.	PRIX NOIR.	PRIX COULEUR.
526	Prie-Dieu du XVe siècle . . . . 1..	Asselineau.	Asselineau.	27	20	1 »	3 »
527	Bibliothèque du XVIe siècle.. . . . . 2..	—	—	»	»	1 »	3 »
528	Chaises.. . . . . 3..	—	—	»	»	1 »	3 »
529	Fauteuils et Chaises. . . . . 4..	—	—	»	»	1 »	3 »
530	Meuble gothique allemand, Table bourguignonne. . . 5..	—	—	»	»	1 »	3 »
531	Lit.. . . . . 6..	—	—	»	»	1 »	3 »
532	Meuble.. . . . . 7..	—	—	»	»	1 »	3 »
533	Glace.. . . . . 8..	—	—	»	»	1 »	3 »
534	Meuble. . . . . 9..	—	—	»	»	1 »	3 »
535	Table au Musée du Louvre. . . . . 10..	—	—	»	»	1 »	3 »
536	Lit. . . . . 11..	—	—	»	»	1 »	3 »
537	Buffet. . . . . 12..	—	—	»	»	1 »	3 »
538	Chaises italiennes et Soufflet du XVIe siècle.. . . 13..	—	—	»	»	1 »	3 »
539	Cadres florentins du XVIe siècle. . . . . 14..	—	—	»	»	1 »	3 »
540	Meuble du XVIe siècle. . . . . 15..	—	—	»	»	1 »	3 »
541	Bahut du XVIe siècle.. . . . . 16..	—	—	»	»	1 »	3 »
542	Stalle du XVIe siècle.. . . . . 17..	—	—	»	»	1 »	3 »
543	Épées et Poignards.. . . . . 18..	—	—	»	»	1 »	3 »
544	Armure de Henri II de la Bibliothèque royale. . . . 19..	—	—	»	»	1 »	3 »
545	Flambard, Épées, Rapière et Dagues italiennes et espagnoles.. 20..	—	—	»	»	1 »	3 »
546	Meuble bourguignon. . . . . 21..	—	—	»	»	1 »	3 »
547	Armure de Henri IV de la Bibliothèque royale. . . . 22..	—	—	»	»	1 »	3 »
548	Casque de François Ier — . . . . 23..	—	—	»	»	1 »	3 »
549	Bureau du XVIe siècle. . . . . 24..	—	—	»	»	1 »	3 »
550	Bouclier italien en cuir imprimé. . . . . 25..	—	—	»	»	1 »	3 »
551	Épées.. . . . . 26..	—	—	»	»	1 »	3 »
552	Chanfrein du XVIe siècle, Étriers, Masses d'armes. . 27..	—	—	»	»	1 »	3 »
553	Bouclier repoussé . . . . 28..	—	—	»	»	1 »	3 »
554	Armes et Armures.. . . . . 29..	—	—	»	»	1 »	3 »
555	Cabinet d'Armes et Armures. . . . . 30..	—	—	»	»	1 »	3 »
556	Triptyque du XVe siècle, Diptyque du XIIIe siècle. . 31..	—	—	»	»	1 »	3 »

Nos D'ORDRE.	TITRES DES LITHOGRAPHIES.	N° des pl.	NOMS des DESSINATEURS.	NOMS des LITHOGRAPHES.	CENTIMÈT. HAUTEUR.	CENTIMÈT. LARGEUR.	PRIX NOIR. fr.	c.	PRIX COULEUR. fr.	c.
557	Entrée de serrure et verrou.	32..	Asselineau.	Asselineau.	27	20	1	»	3	»
558	Pot à anse en ivoire monté en vermeil..	33..	—	—	»	»	1	»	3	»
559	Reliquaire en argent doré du XVe siècle.	34..	—	—	»	»	1	»	3	»
560	Pots à bière flamands du XVIe siècle..	35..	—	—	»	»	1	»	3	»
561	Flambeaux en bronze, Étriers, Éperons..	36..	—	—	»	»	1	»	3	»
562	Meuble du temps de Henri II.	37..	—	—	»	»	1	»	3	»
563	Garniture de cheminée provenant du Palais des comtes Brancaleoni.	38..	—	—	»	»	1	»	3	»
564	Soufflet italien, Canif, Écritoire en faïence..	39..	—	—	»	»	1	»	3	»
565	Casques du XVIe siècle..	40..	—	—	»	»	1	»	3	»
566	Chaises et fauteuil.	41..	—	—	»	»	1	»	3	»
567	Cruches en ivoire.	42..	—	—	»	»	1	»	3	»
568	Arquebuse ayant appartenu à Louis XIII, roi de France; elle porte son chiffre et ses armes.	43..	—	—	»	»	1	»	3	»
569	Meuble à deux corps du XVIe siècle.	44..	—	—	»	»	1	»	3	»
570	Miroir en buis sculpté, ouvrage flamand du XVIe siècle.	45..	—	—	»	»	1	»	3	»
571	Poire à poudre et Poire d'amorce du XVIe siècle, Couteau, etc.	46..	—	—	»	»	1	»	3	»
572	Hallebarde italienne en fer gravé, Épées allemandes gothiques, Masse et Marteau d'armes, Étriers et Éperons de la fin du XIVe siècle.	47..	—	—	»	»	1	»	3	»
573	Orfévreries allemandes du XVe siècle.	48..	—	—	»	»	1	»	3	»
574	Sabre de rajah de l'Inde	49..	—	—	»	»	1	»	3	»
575	Miroir en cuivre ciselé, gravé et doré.	50..	—	—	»	»	1	»	3	»
576	Chaises et Fauteuils divers.	51..	—	—	»	»	1	»	3	»
577	Vase et Faïence de Palissi.	52..	—	—	»	»	1	»	3	»
578	Meuble en marqueterie	53..	—	—	»	»	1	»	3	»
579	Lit en bois de noyer sculpté du XVIe siècle.	54..	—	—	»	»	1	»	3	»
580	Lettres en bois sculpté	55..	—	—	»	»	1	»	3	»
581	Fauteuil du temps de Henri II et Chaises..	56..	—	—	»	»	1	»	3	»
582	Confessionnaux de l'ancienne Église des Jésuites à Namur.	57..	—	—	»	»	1	»	3	»
583	Flacon et Plaques allemands du 15e siècle.	58..	—	—	»	»	1	»	3	»
584	Statuts des Apôtres, du Tombeau de Saint-Sébald, à Nuremberg.	59..	—	—	»	»	1	»	3	»
585	— — —	60..	—	—	»	»	»	»	3	»
586	Armure de Louis XIII de la Bibliothèque royale.	61..	—	—	»	»	1	»	3	»
587	Épées ayant appartenu à Henri IV, Épée de François Ier, du Cabinet des médailles (Biblioth. royale).	62..	—	—	»	»	1	»	3	»
588	Table et Fauteuil en noyer sculpté.	63..	—	—	»	»	1	»	3	»
589	Vase en argent repoussé.	64..	—	—	»	»	1	»	3	»
590	La Crosse des archevêques (XIIIe siècle), le Grand Ostensoir, la Croix archiépiscopale, la Crosse du chorévêque séculier du trésor de la Cathédrale de Cologne.	65..	—	—	»	»	1	»	3	»
591	Buffet d'orgue exécuté à Vienne en 1592 par Haffheimer	66..	—	—	»	»	1	»	3	»
592	Buffet du XVIe siècle.	67..	—	—	»	»	1	»	3	»
593	Chaise et Fauteuil du XVIe siècles	68..	—	—	»	»	1	»	3	»
594	Meuble du XVIe siècle du Musée du Louvre..	69..	—	—	»	»	1	»	3	»
595	Lutrins des XIVe et XVe siècle.	70..	—	—	»	»	1	»	3	»
596	Présentoir du XVIe siècle..	71..	—	—	»	»	1	»	3	»
597	Pulvérins en corne de cerf du XVIe siècle.	72..	—	—	»	»	1	»	3	»
598	Armure que portait François Ier à la bataille de Pavie, du Musée d'artillerie.	73..	—	—	»	»	1	»	3	»
599	Lit du XIVe siècle.	74..	—	—	»	»	1	»	3	»
600	Lit de repos à Kent, Fauteuil dans la Galerie à Knote.	75..	—	—	»	»	1	»	3	»

Nos d'ordre.	TITRES DES LITHOGRAPHIES.	Nos des pl.	NOMS des DESSINATEURS.	NOMS des LITHOGRAPHES.	CENTIMÈT. HAUTEUR.	CENTIMÈT. LARGEUR.	PRIX NOIR. fr.	c.	PRIX COULEUR. fr.	c.
601	Façade d'un Poêle allemand, en faïence émaillée, du XVIIe siècle	76..	Asselineau.	Asselineau.	27	20	1	»	3	»
602	Serrure du XVe siècle	77..	—	—	»	»	1	»	3	»
603	Orfévreries de la fin du XVe siècle	78..	—	—	»	»	1	»	3	»
604	Bahut de la Renaissance, Bahut gothique.	79..	—	—	»	»	1	»	3	»
605	Meuble Espagnol en ébène du temps de Louis XIII.	80..	—	—	»	»	1	»	3	»
606	Fauteuil en chêne, Eglise Sainte-Marie Coventry, XVe siècle. Ancienne Chaise dans la Sacristie de la Cathédrale d'York, XIVe siècle. Chaise de l'abbé d'Evesham, XIVe siècle	81..	—	—	»	»	1	»	3	»
607	Crosse de l'Evêque Fox, Corpus Christi, collége d'Oxford, Reliquaire Espagnol en buis	82..	—	—	»	»	1	»	3	»
608	Lutrin en bronze du XVe siècle	83..	—	—	»	»	1	»	3	»
609	Vase en Vermeil repoussé.	84..	—	—	»	»	1	»	3	»
610	Armoire en noyer du XVIe siècle.	85..	—	—	»	»	1	»	3	»
611	Cheminée d'une maison dans la grande rue à Caen.	86..	—	—	»	»	1	»	3	»
612	Lustre en bronze du XVe siècle dans l'Eglise de Bristol. Lanterne en bronze et cristal au Musée d'Oxford. Lanterne du XIIIe siècle dans la cathédrale à Wells.	87..	—	—	»	»	1	»	3	»
613	Arbalète et Carabine à rouet.	88..	—	—	»	»	1	»	3	»
614	Chaise et Fauteuil à sir Sidney. Chaise de la Chapelle Sainte-Catherine à Londres	89..	—	—	»	»	1	»	3	»
615	Stalle de la fin du XVe siècle. Meuble suisse du XVIe siècle, de forme octogone et triangulaire	90..	—	—	»	»	1	»	3	»
616	Armure ou Harnois complet de guerre, en acier cannelé, XVIe siècle.	91..	—	—	»	»	1	»	3	»
617	Armure de Tournoi du XVIe siècle.	92..	—	—	»	»	1	»	3	»
618	Casque du XVIe siècle. Cabasset du XVIe siècle.	93..	—	—	»	»	1	»	3	»
619	Cantine en étain, par François Briot, XVIe siècle.	94..	—	—	»	»	1	»	3	»
620	Lustre en bronze à l'Eglise Sainte-Catherine à Londres. Divers Chandeliers	95..	—	—	»	»	1	»	3	»
621	Orfévreries allemandes du XVe siècle.	96..	—	—	»	»	1	»	3	»
622	Armure du XVIe siècle	97..	—	—	»	»	1	»	3	»
623	Reliquaire en bois d'ébène, XVIIe siècle	98..	—	—	»	»	1	»	3	»
624	Meuble au Musée du Louvre.	99..	—	=	»	»	1	»	3	»
625	Chaise, époque de Louis XIII. Fauteuil du Palais de Cromwell, XVe siècle. Stalle du XVIe siècle.	100..	—	—	»	»	1	»	3	»
626	Meuble du temps de Henri II	101..	—	—	»	»	1	»	3	»
627	Miroir du temps d'Elisabeth, table du XVIe siècle	102..	—	—	»	»	1	»	3	»
628	Meuble du XVIe siècle.	103..	—	—	»	»	1	»	3	»
629	Miroir de Venise, avec cadre en verroterie, XVIe siècle. Couverture de Livre d'Evangiles en cuivre, repoussé et doré, XVIe siècle	104..	—	—	»	»	1	»	3	»
630	Poignards indiens et Couteaux de Brèche allemands	105..	—	—	»	»	1	»	3	»
631	Épées du XVIe siècle	106..	—	—	»	»	1	»	3	»
632	Coffre Vénitien dit des Fiançailles, en os sculpté, XVe siècle. Châsse de St-Yvet, style byzantin, XIIe siècle.	107..	—	—	»	»	1	»	3	»
633	Pince ou Tenaille en métal, XVe siècle. Chandelier en bronze appartenant à M. Bayot à Evreux. Fragments d'ornements en fer, XVe siècle. Fer à repasser, XVIe siècle	108..	—	—	»	»	1	»	3	»
634	Bahut du XVIe siècle	109..	Chapuy.	—	»	»	1	»	3	»
635	Coffre en bois sculpté.	110..	Asselineau	—	»	»	1	»	3	»
636	Lustre dans la Cathédrale de Barcelone	111..	Chapuy.	—	»	»	1	»	3	»
637	Boucliers du XVIe siècle, de la collect. du prince Soltykoff	112..	Asselineau	—	»	»	1	»	3	»
638	Bassinets du XVIe siècle. Id. Id.	113..	—	—	»	»	1	»	3	»
639	Mandoline Indienne.	114..	—	—	»	»	1	»	3	»

Nᵒˢ D'ORDRE.	TITRES DES LITHOGRAPHIES.	NOMS des DESSINATEURS.	NOMS des LITHOGRAPHES.	CENTIMÈT. HAUTEUR.	CENTIMÈT. LARGEUR.	PRIX NOIR.	PRIX COULEUR.
						fr. c.	fr. c.
	LES RIVES DE LA MEUSE, Depuis sa source jusqu'à son embouchure ; recueil de 20 vues petit in-folio, dessinées d'après nature, et lithographiées par Hostein. Prix de la collection en noir 20 fr. ; en couleur 60 fr.						
							Nᵒˢ des pl.
640	Village de Meuse où ce fleuve prend sa source . . . 1..	Hostein.	Hostein.	17	25	1 »	3 »
641	Saint-Mihiel . . . . 2..	—	—	»	»	1 »	3 »
642	Mézières. . . . . 3..	—	—	»	»	1 »	3 »
643	Verdun . . . . 4..	—	—	»	»	1 »	3 »
644	Citadelle de Sedan. . . . . 5..	—	—	»	»	1 »	3 »
645	Jonction de la Meuse et de la Semoy . . . . 6..	—	—	»	»	1 »	3 »
646	Monastère de Revin. . . . . 7..	—	—	»	»	1 »	3 »
647	Givet et la forteresse de Charlemont . . . . . . 8..	—	— '	»	»	1 »	3 »
648	Fumay. . . . . 9..	—	—	»	»	1 »	3 »
649	Namur. . . . . 10..	—	—	»	»	1 »	3 »
650	La Roche à Bayeux , près Dinant. . . . . 11..	—	—	»	»	1 »	3 »
651	Dinant. . . . . 12..	—	—	»	»	1 »	3 »
652	Rochers de Samson. . . . . 13..	—	—	»	»	1 »	3 »
653	Citadelle de Huy. . . . . 14..	—	—	»	»	1 »	3 »
654	Château de Chockier . . . . 15..	—	—	»	»	1 »	3 »
655	Liége . . . . 16..	—	—	»	»	1 »	3 »
656	Maestricht . . . . 17..	—	—	»	»	1 »	3 »
657	Venloo . . . . 18..	—	—	»	»	1 »	3 »
658	Dordrecht . . . . 19..	—	—	»	»	1 »	3 3
659	Rotterdam. 20..	—	—	»	»	1 »	3 »
	LES CHEFS LIEUX ET PRINCIPAUX SITES DE LA SUISSE. Dessinés d'après nature , par Chapuy, et lithographiés par les premiers artistes. 48 Planches publiées :						
							Nᵒˢ des pl.
660	Zurich. . . . . 1..	—	—	18	26	1 »	3 »
661	Berne. . . . . 2..	—	—	»	»	1 »	3 »
662	Lucerne. . . . . 3..	—	—	»	»	1 »	3 »
663	Genève . . . . 4..	—	—	»	»	1 »	3 »
664	Vevey. . . . . 5..	—	—	»	»	1 »	3 »
665	Chapelle de Guillaume Tell . . . . 6..	—	—	»	»	1 »	3 »
666	Berne. . . . . 7..	—	—	»	»	1 »	3 »
667	Neufchâtel. 8..	Tirpenne.	Tirpenne.	»	»	1 »	3 »
668	Glaris . . . . 9..	Hostein.	Hostein.	»	»	1 »	3 »
669	Thoune . . . . 10..	—	—	»	»	1 »	3 »
670	Château de Wimmis. . . . . 11..	Champin.	Champin.	»	»	1 »	3 »
671	Splugen . . . . 12..	Hostein.	Hostein.	»	»	1 »	3 »
672	Bâle. . . . . 13..	Chapuy.	Cuvillier.	»	»	1 »	3 »
673	Genève et Ile Saint-Pierre. . . . . 14..	—	Jacottet.	»	»	1 »	3 »
674	Altorf. . . . . 15..	—	Joly.	»	»	1 »	3 »
675	Fribourg. . . . . 16..	—	Jacottet.	»	»	1 »	3 »
676	Stanz . . . . 17..	—	Joly.	»	»	1 »	3 »
677	Arau . . . . 18..	—	Cuvillier.	»	»	1 »	3 »
678	Schwitz . . . . 19..	—	Joly.	»	»	1 »	3 »
679	Bellinzona . . . . 20..	Courtin.	Jacottet.	»	»	1 »	3 »
680	Lucerne . . . . 21..	Cuvillier.	Cuvillier.	»	»	1 »	3 »
681	Pont de Fribourg. . . . . 22..	Chapuy.	Emile Deroy.	»	»	» »	3 »

N°s D'ORDRE.	TITRES DES LITHOGRAPHIES.		NOMS		CENTIMÈT.		PRIX	
		N°s des pl.	des DESSINATEURS.	des LITHOGRAPHES.	HAUTEUR.	LARGEUR.	NOIR.	COULEUR.
							fr. c.	fr. c.
682	Chute du Rhin	23..	Champin.	Champin.	18	26	1 »	3 »
683	Glacier inférieur du Grindelwald	24..	Chapuy.	Jacottet.	»	»	1 »	3 »
684	Lugano	25..	—	Cuvillier.	»	»	1 »	3 »
685	Zug	26..	—	—	»	»	1 »	3 »
686	Lac de Wallenstadt	27..	—	Jacottet.	»	»	1 »	3 »
687	Staubach	28..	—	Joly.	»	»	1 »	3 »
688	Hôpital du Grimsel	29..	Champin.	Champin.	»	»	1 »	3 »
689	Maison à Meyringen	30..	Chapuy.	Jacottet.	»	»	1 »	3 »
690	Lausanne	31..	—	Cuvillier.	»	»	1 »	3 »
691	Soleure	32..	Jacottet.	Jacottet.	»	»	1 »	3 »
692	Saint-Gall	33..	—	—	»	»	1 »	3 »
693	Ponte Cresa	34..	Chapuy.	Cuvillier.	»	»	1 »	3 »
694	Vue prise à Brunnen	35..	—	Jacottet.	»	»	1 »	3 »
695	Grindelwald et le glacier supérieur	36..	—	Emile Deroy.	»	»	1 »	3 »
696	Schafhouse	37..	—	—	»	»	1 »	3 »
697	Sils et Tusis	38..	—	Jacottet.	»	»	1 »	3 »
698	Col de Brunig et le lac Lungern	39..	—	—	»	»	1 »	3 »
699	Sion	40..	Deroy.	—	»	»	1 »	3 »
700	Le Wetterhorn et le Wellhorn	41..	Chapuy.	—	»	»	1 »	3 »
701	Le Pisse-Vache	42..	—	—	»	»	1 »	3 »
702	Zurich	43..	Bachmann.	Bachmann.	»	»	1 »	3 »
703	Coire	44..	Deroy.	—	»	»	1 »	3 »
704	Chamouny et le Glacier des Bois	45..	Dubois.	—	»	»	1 »	3 »
705	Le Mont-Blanc, Vallée de Chamouny	46..	—	—	»	»	1 »	3 »
706	Glacier de Rosenlaui	47..	Chapuy.	Jacottet.	»	»	1 »	3 »
707	L'Auberge du Righi-Koulm	48..	Bachmann.	Bachmann.	»	»	1 »	3 »

COLLECTIONS DE VUES D'ITALIE, SUISSE, ALLEMAGNE ET ENVIRONS,

COLORIÉES AVEC SOIN ET MONTÉES SUR PASSE-PARTOUT AVEC ENTOURAGE ; 114 PLANCHES.

Vues d'Italie.

N°s D'ORDRE.	TITRES DES LITHOGRAPHIES.		NOMS		CENTIMÈT.		PRIX	
		N°s des pl.	des DESSINATEURS.	des LITHOGRAPHES.	HAUTEUR.	LARGEUR.	NOIR.	COULEUR.
708	Venise. Vue générale	1..			9	12	»	1 50
709	— Saint-Marc	2..	Doudiet.	Doudiet.	»	»	»	1 50
710	— Basilique Saint-Marc	3..	—	—	»	»	»	1 50
711	— Rialto extérieur	4..	—	—	»	»	»	1 50
712	— Rialto intérieur	5..	—	—	»	»	»	1 50
713	— Rialto vu du canal	6..	Frey.	Frey.	»	»	»	1 50
714	— Palais Ducal	7..	Doudiet.	Doudiet.	»	»	»	1 50
715	— Petite place Saint-Marc	8..	—	—	»	»	»	1 50
716	— Palais Toscari	9..	Frey.	Frey.	»	»	»	1 50
717	— Palais Moncenigo	10..	—	—	»	»	»	1 50
718	— La Douane	11..	—	—	»	»	»	1 50
719	— Vue du Quai	12..	—	—	»	»	»	1 50
720	— San-Gio-Paolo	13..	—	—	»	»	»	1 50
721	— San-Pietro di Castello	14..	—	—	»	»	»	1 50
722	Rome. Le Panthéon	15..			»	»	»	1 50
723	— Le Colysée	16..	—	—	»	»	»	1 50
724	— Château Saint-Ange	17..	—	—	»	»	»	1 50
725	— Forum	18..	—	—	»	»	»	1 50

N°s d'ordre.	Titres des lithographies.	N°s des pl.	Noms des dessinateurs.	Noms des lithographes.	Hauteur. (centimèt.)	Largeur. (centimèt.)	Prix. Noir.	Prix. Couleur.
							fr. c	fr. c
726	Rome. Temple de Mars.	19..	Frey.	Frey.	9	12	»	1 50
727	— Le Pont Rotti	20..	—	—	»	»	»	1 50
728	— Colonnade de Saint-Pierre.	21..	—	—	»	»	»	1 50
729	Pise. La Tour penchée	22..	—	—	»	»	»	1 50
730	— Campo Santo.	23..	—	—	»	»	»	1 50
731	Vérone. Le Pont.	24..	—	—	»	»	»	1 50
732	— Vue générale	25..	—	—	»	»	»	1 50
733	— Le Quai.	26..	—	—	»	»	»	1 50
734	— Une Rue.	27..	—	—	»	»	»	1 50
735	Florence. Le Pont.	28..	—	—	»	»	»	1 50
736	Milan. Cathédrale.	29..	—	—	»	»	»	1 50
737	— Abside d°.	30..	—	—	»	»	»	1 50
738	Ancône. Porte.	31..	—	—	»	»	»	1 50
739	Naples. Le Quai.	32..	—	—	»	»	»	1 50
740	— Le Port	33..	—	—	»	»	»	1 50
741	— Le Mont Vésuve	34..	—	—	»	»	»	1 50
742	Trente.	35..	—	—	»	»	»	1 50
743	Padoue. La Tour.	36..	—	—	»	»	»	1 50
744	— Place Galonne	37..	—	—	»	»	»	1 50
745	Isola Bella au Lac Majeur.	38..	—	—	»	»	»	1 50
746	— Vue générale	39..	—	—	»	»	»	1 50
747	Côme	40..	—	—	»	»	»	1 50
748	Laveno	41..	—	—	»	»	»	1 50
749	Lecco au lac de Côme.	42..	—	—	»	»	»	1 50
750	Domaso au lac de Côme.	43..	—	—	»	»	»	1 50
751	Spoleto.	44..	—	—	»	»	»	1 50
752	Murano	45..	—	—	»	»	»	1 50
753	Garigliano	46..	—	—	»	»	»	1 50
754	Gravedona au lac de Côme.	47..	—	—	»	»	»	1 50
755	Bologna	48..	—	—	»	»	»	1 50
756	Anghiera.	49..	—	—	»	»	»	1 50
757	Lugano	50..	—	—	»	»	»	1 50
758	Villa Sommariva au lac de Côme.	51..	—	—	»	»	»	1 50
759	Garda.	52..	—	—	»	»	»	1 50
760	Malsésine au lac de Garda.	53..	—	—	»	»	»	1 50
761	Gensano.	54..	—	—	»	»	»	1 50
762	Ferrare	55..	—	—	»	»	»	1 50
763	Ariccia	56..	—	—	»	»	»	1 50
764	Roveredo	57..	—	—	»	»	»	1 50
765	Verrex.	58..	—	—	»	»	»	1 50
766	Vietry.	59..	—	—	»	»	»	1 50
767	Mazorbo.	60..	—	—	»	»	»	1 50

Vues de Suisse.

N°s d'ordre.	Titres des lithographies.	N°s des pl.	Noms des dessinateurs.	Noms des lithographes.	Hauteur.	Largeur.	Prix. Noir.	Prix. Couleur.
768	Zurich.	1..	Doudiet.	Doudiet.	»	»	»	1 50
769	Berne.	2..	Cuvillier.	Cuvillier.	»	»	»	1 50
770	— Cathédrale	3..	Frey.	Frey.	»	»	»	1 50
771	— Maison de ville	4..	—	—	»	»	»	1 50
772	Bâle	5..	Cuvillier.	Cuvillier.	»	»	»	1 50
773	Soleure	6..	Frey.	Frey.	»	»	»	1 50
774	Schaffhouse. Le Pont.	7..	—	—	»	»	»	1 50
775	— Intérieur.	8..	—	—	»	»	»	1 50

Nᵒˢ D'ORDRE.	TITRES DES LITHOGRAPHIES.	NOMS des DESSINATEURS.	NOMS des LITHOGRAPHES.	CENTIMÈT. HAUTEUR.	LARGEUR.	PRIX. NOIR.	COULEUR.
			Nᵒˢ des pl.			fr. c.	fr. c.
776	Chute du Rhin . . . . 9 . .	Frey.	Frey.	9	12	»	1 50
777	Lucerne . . . . 10 . .	—	—	»	»	»	1 50
778	Neuchâtel . . . . 11 . .	—	—	»	»	»	1 50
779	Coire . . . . 12 . .	—	—	»	»	»	1 50
780	La Mer de Glace . . . . 13 . .	Doudiet.	Doudiet.	»	»	»	1 50
781	Sion. Vue intérieure . . . . 14 . .	Cuvillier.	Cuvillier.	»	»	»	1 50
782	— Vue extérieure . . . . 15 . .	Doudiet.	Doudiet.	»	»	»	1 50
783	Lausanne . . . . 16 . .	—	—	»	»	»	1 50
784	Le Mont-Blanc . . . . 17 . .	—	—	»	»	»	1 50
785	Chillon . . . . 18 . .	Cuvillier.	Cuvillier.	»	»	»	1 50
786	Thoune . . . . 19 . .	—	—	»	»	»	1 50
787	Hospice de Saint-Gothard . . . . 20 . .	—	—	»	»	»	1 50
788	Constance . . . . 21 . .	Frey.	Frey.	»	»	»	1 50
	Vues d'Allemagne.						
789	Berlin. L'Arsenal . . . . 1 . .	Bachmann.	Bachmann.	»	»	»	1 50
790	— Théâtre . . . . 2 . .	—	—	»	»	»	1 50
791	Munich . . . . 3 . .	—	—	»	»	»	1 50
792	Augsbourg . . . . 4 . .	—	—	»	»	»	1 50
793	Ratisbonne . . . . 5 . .	—	—	»	»	»	1 50
794	Bamberg . . . . 6 . .	—	—	»	»	»	1 50
795	Nuremberg. Vue de la Terrasse . . . . 7 . .	—	—	»	»	»	1 50
796	— Vue de la Fontaine . . . . 8 . .	—	—	»	»	»	1 50
797	Prague. L'Hradschin . . . . 9 . .	—	—	»	»	»	1 50
798	— Le Pont . . . . 10 . .	—	—	»	»	»	1 50
799	Francfort-sur-Mein . . . . 11 . .	E. Deroy.	E. Deroy.	»	»	»	1 50
800	Coblentz . . . . 12 . .	—	—	»	»	»	1 50
801	Manheim . . . . 13 . .	Bachmann.	Bachmann.	»	»	»	1 50
802	Heidelberg . . . . 14 . .	E. Deroy.	E. Deroy.	»	»	»	1 50
803	Gand . . . . 15 . .	—	—	»	»	»	1 50
804	Bruges . . . . 16 . .	—	—	»	»	»	1 50
805	Rotterdam . . . . 17 . .	—	—	»	»	»	1 50
806	Amsterdam . . . . 18 . .	Bachmann.	Bachmann.	»	»	»	1 50
807	Inspruck . . . . 19 . .	Frey.	Frey.	»	»	»	1 50
808	Landeck au Tyrol . . . . 20 . .	—	—	»	»	»	1 50
809	Fronsberg au Tyrol . . . . 21 . .	—	—	»	»	»	1 50
810	Dresde . . . . 22 . .	Cuvillier.	Cuvillier.	»	»	»	1 50
811	Ulm . . . . 23 . .	—	—	»	»	»	1 50
812	Salzbourg . . . . 24 . .	—	—	»	»	»	1 50
813	Dordrecht . . . . 25 . .	—	—	»	»	»	1 50
814	Vienne. Leopoldstadt . . . . 26 . .	—	—	»	»	»	1 50
815	— Eglise Saint-Charles . . . . 27 . .	—	—	»	»	»	1 50
816	Hanovre . . . . 28 . .	—	—	»	»	»	1 50
817	Marbourg . . . . 29 . .	—	—	»	»	»	1 50
818	Stuttgard . . . . 30 . .	—	—	»	»	»	1 50
819	Darmstadt . . . . 31 . .	—	—	»	»	»	1 50
820	Cassel. Eglise Saint-Martin . . . . 32 . .	—	—	»	»	»	1 50
821	— Intérieur — . . . . 33 . .	—	—	»	»	»	1 50

Nᵒˢ D'ORDRE.	TITRES DES LITHOGRAPHIES.	NOMS des DESSINATEURS.	NOMS des LITHOGRAPHIES.	CENTIMÈT. HAUTEUR.	CENTIMÈT. LARGEUR.	PRIX NOIR.	PRIX COULEUR.
						fr. c.	fr. c.
	L'ESPAGNE ARTISTIQUE ET MONUMENTALE. Vues et descriptions des sites et des monuments les plus notables de l'Espagne, avec des dessins et des notices sur les usages, les mœurs, les armes, les costumes, des époques qui peuvent le plus intéresser l'histoire de l'art, par une société d'artistes, de gens de lettres et de capitalistes espagnols. Les lithographies exécutées par les premiers artistes français, sous la direction de Don Perez de Villa-Amil. Le texte rédigé par Don Patricio de la Escosura. Cet ouvrage, du format grand in-fol., est publié par livraisons composées chacune de deux feuilles de texte et de quatre planches imprimées à deux teintes. Prix de chaque livraison. . . . . Douze livraisons forment une partie (ou volume); la première est terminée, la seconde est en cours de publication.			»	»	16 »	»
	PREMIÈRE LIVRAISON.						
822	Titre Frontispice	De Villa Amil.	Sabatier.	29	39	»	»
823	Cloître appelé la Claustrilla.	—	Benoist.	»	»	»	»
824	Grande Chapelle de la Cathédrale à Tolède.	—	Bachelier.	»	»	»	»
825	Un Marché.	—	Bichebois.	»	»	»	»
	DEUXIÈME LIVRAISON.						
826	Portique du Monastère de Beneviveré.	—	Danjoy.	»	»	»	»
827	Autel appelé le Transparent, dans la Cathédrale de Tolède. .	—	Bachelier.	»	»	»	»
828	Cloître du Collége de Saint-Grégoire à Valladolid	—	Benoist.	»	»	»	»
829	Détails du cloître du Collége de Saint-Grégoire à Valladolid.	—	—	»	»	»	»
	TROISIÈME LIVRAISON.						
830	Entrée du Chœur dans l'Intérieur du Monastère de Las Huelgas à Burgos	—	Bachelier.	»	»	»	»
831	Chapelle de la Présentation, Cathédrale de Burgos.	—	Benoist.	»	»	»	»
832	Intérieur de la Chapelle de Saint-Isidro dans la paroisse de Saint-André à Madrid.	—	Asselineau,	»	»	»	»
833	Fête de Saint-Isidro del Campo à Madrid	—	Jacottet.	»	»	»	»
	QUATRIÈME LIVRAISON.						
834	Monastère de Las Huelgas à Burgos	—	Jacottet.	»	»	»	»
835	Cour du Palais des Ducs de l'Infantado à Guadalajara. . . .	—	Bachelier.	»	»	»	»
836	Tombeaux dans la Chapelle dite de Reyes Nuebos dans la Cathédrale de Tolède.	—	—	»	»	»	»
837	Le Viatique	Becquer.	Bayot.	»	»	»	»
	CINQUIÈME LIVRAISON.						
838	Grande Synagogue de Tolède, aujourd'hui de Saint-Benoist, dite Notre-Dame del Transito	De Villa Amil.	Asselineau.	»	»	»	»
839	Chapelle générale, Tombeaux de Don Alvaro de Luna et de sa famille dans la Cathédrale de Tolède.	—	Bachelier.	»	»	»	»
840	Porte-Neuve du Cloître de la Cathédrale de Tolède	—	—	»	»	»	»
841	Lés Voleurs dans une Auberge	Becquer.	Bayot.	»	»	»	»
	SIXIÈME LIVRAISON.						
842	Château d'Alba de Tormès	De Villa Amil.	Bichebois.	»	»	»	»
843	Cloître du Couvent de Saint-Jean-des-Rois à Tolède	—	Bachelier.	»	»	»	»
844	Cloître du Monastère de Huerta	—	Benoist.	»	»	»	»
845	La Foire de Meyrena	Becquer.	Bayot.	»	»	»	»
	SEPTIÈME LIVRAISON.						
846	Pont d'Alcantara Alcazar, et Couvent de la Conception Francisca à Tolède	De Villa Amil.	Bichebois.	»	»	»	»
847	Chapelle du Connétable dans la Cathédrale de Burgos. . . .	—	Bachelier.	»	»	»	»
848	Cloître du Monastère de Lupiana.	—	Bich. et Dumouza.	»	»	»	»

Nos D'ORDRE.	TITRES DES LITHOGRAPHIES.	NOMS des DESSINATEURS.	des LITHOGRAPHES.	CENTIMÈT. HAUTEUR.	LARGEUR.	PRIX NOIR.	COULEUR.
						fr. c.	fr. c.
849	Un Bal de Bohémiens, mœurs andalouses.	Becquer.	Bayot.	29	39	»	»
	HUITIÈME LIVRAISON.						
850	Première Synagogue à Tolède, appelée aujourd'hui Santa Maria la Blanca.	De Villa Amil.	Jacottet.	»	»	»	»
851	Eglise de Saint-Jean de la Pénitence à Tolède.	—	Asselineau.	»	»	»	»
852	Escalier de l'Hôpital dit de Sainte-Croix à Tolède.	—	Benoist.	»	»	»	»
853	Tombeau du Cardinal Don Jean-Tavera, dans l'hôpital de Saint-Jean-Baptiste à Tolède.	Cecilio Pizarro.	Louis Lopez.	»	»	»	»
	NEUVIÈME LIVRAISON.						
854	Atelier du Maure à Tolède	De Villa Amil.	Asselineau.	»	»	»	»
855	Tombeaux de Don Alvaro de Luna, et de sa femme Dona Juana Pimentel.	—	Fichot.	»	»	»	»
856	Tombeau du Cardinal Cisneros dans l'Eglise de Saint-Ildefonse à Alcala de Henares.	—	Asselineau.	»	»	»	»
857	La Messe	Becquer.	Bayot.	»	»	»	»
	DIXIÈME LIVRAISON.						
858	Cathédrale de Zamora.	De Villa Amil.	Bichebois.	»	»	»	»
859	Transept de la Cathédrale de Burgos.	—	Bachelier.	»	»	»	»
860	Salon dit de Santa Isabella, dans le château d'Aljaferia à Saragosse	—	Asselineau.	»	»	»	»
861	Costumes militaires et armes espagnols, XVIe siècle. . . .	—	Louis Lopez.	»	»	»	»
	ONZIÈME LIVRAISON.						
862	Chapelle Muzarabe dans la Cathédrale de Cordoue	—	Arnout.	»	»	»	»
863	Paroisse de Saint-Etienne à Burgos.	—	Bachelier.	»	»	»	»
864	Chapelle dite de l'Evêque, dans la paroisse de Saint-André à Madrid	—	Jacottet et Benoist	»	»	»	»
865	Rocher appelé le Mirador de Tolède, vue du Pont St-Martin.	—	Jacottet.	»	»	»	»
	DOUZIÈME LIVRAISON.						
866	Ruines du Château dit Galiana dans les jardins du roi à Tolède.	—	—	»	»	»	»
867	Porte du Cloître de la Cathédrale de Burgos.	—	Benoist et Jacottet	»	»	»	»
868	Vue intérieure de Saint-Jean-des-Rois à Tolède	—	Benoist.	»	»	»	»
869	Porte de la salle du Chapitre dans la Cathédrale de Tolède.	—	Fichot.	»	»	»	»

OUVRAGES DE M. GIRAULT DE PRANGEY.

Essai sur l'architecture des Arabes, en Espagne, en Sicile et en Barbarie, 1 volume grand in-8°, accompagné de 28 planches lithographiées en noir et en couleur par les meilleurs artistes, et d'un appendice renfermant les inscriptions arabes de l'Alhambra (texte, traduction et notes.) Prix, broché, 28 f.; cartonné à l'anglaise, 30 f.
Ouvrage destiné à servir d'introduction à l'Atlas in-folio.

MONUMENTS ARABES ET MORESQUES DE CORDOUE, SÉVILLE ET GRENADE.

Vues générales, intérieurs, détails, coupes et plans des monuments dessinés et mesurés en 1832 et 1833, par Girault de Prangey, et lithographiés par les meilleurs artistes, 1 vol. in-f°, format demi-colombier; renfermant 47 planches, 14 pages de texte historique et descriptif, ornées d'entourages moresques variés, et 4 pages de texte, explication des planches. Prix de l'ouvrage, papier blanc, 115 fr.; papier de Chine 140 fr.
Exemplaires avec 12 planches de détails coloriés en imitation exacte des mosaïques et peintures des monuments. Papier blanc, 200 f.; papier de Chine, 225 fr.

Cordoue.

			Nos des pl.				
870	Frontispice	Girault de Prangey	Asselineau.			»	»
871	Vue générale de la Mosquée et du Pont. . . . . . . 1..	—	Bichebois.	36	27	»	»
872	Chapelle Villa-Viciosa. . . . . 2..	—	Villemin.	»	»	»	»

N°s D'ORDRE.	TITRES DES LITHOGRAPHIES.	N°s des pl.	NOMS des DESSINATEURS.	des LITHOGRAPHES.	CENTIMÈT. HAUTEUR.	LARGEUR.	PRIX. NOIR.	COULEUR.
							fr. c.	fr. c.
873	Détails, Chapelle Villa-Viciosa.	3..	Girault de Prangey.	Asselineau.	36	27	»	»
874	Vue extérieure de la Mosquée	4..	—	Wild.	»	»	»	»
875	Intérieur de la Mosquée.	5..	—	Villemin.	»	»	»	»
876	Détails, intérieur de la Mosquée.	6..	—	Danjoy.	»	»	»	»
877	Mihrab, ou sanctuaire de la Mosquée.	7..	—	Wild.	»	»	»	»
878	Détails et façade du Mihrab	8..	—	Dumouza.	»	»	»	»
879	Texte orné d'entourage, style des monuments.		—	Asselineau.	»	»	»	»
	Séville.							
880	Frontispice.		—	Monthelier.	»	»	»	»
881	La Tour de la Giralda.	1..	—	Chapuy.	»	»	»	»
882	Détails de la Giralda.	2..	—	Sagot.	»	»	»	»
883	Façade de l'Alcazar.	3..	—	Wild.	»	»	»	»
884	Ornements et détails de l'Alcazar	4..	—	Danjoy.	»	»	»	»
885	Patio de Los Munecos, Alcazar.	5..	—	Chapuy.	»	»	»	»
886	Salle des Ambassadeurs, Alcazar	6..	—	Bulton.	»	»	»	»
887	Texe orné d'entourages, style des monuments		—	Monthelier.	»	»	»	»
888	Texte, explication des planches, Cordoue et Séville		—	Monthelier.	»	»	»	»
	Grenade.							
889	Frontispice.		—	Lehnert.	»	»	»	»
890	Vase moresque, à l'Alhambra.	1..	—	Danjoy.	»	»	»	»
891	Vue générale de Grenade et de la Sierra Névada.	2..	—	Tirpenne.	»	»	»	»
892	Porte du Jugement, entrée de l'Alhambra	3..	—	Bichebois.	»	»	»	»
893	Entrée de la Cour des Lions.	4..	—	Chapuy.	»	»	»	»
894	Détails de la planche précédente.	5..	—	Danjoy.	»	»	»	»
895	Jardin du Couvent de San-Domingo.	6..	—	Hubert.	»	»	»	»
896	Chemin de la Fontaine d'Avellano	7..	—	Bichebois.	»	»	»	»
897	Cabinet des Infantes à l'Alhambra	8..	—	Villemin.	»	»	»	»
898	Détails de la planche précédente.	9..	—	Roux.	»	»	»	»
899	Porte du Vin, maison moresque.	10..	—	Girault.	»	»	»	»
900	Anciens Bains moresques ruinés.	11..	—	Monthelier.	»	»	»	»
901	Jardins du Généralife	12..	—	Sabatier.	»	»	»	»
902	Los Hornajos, route du Pic de Véléta	13..	—	—	»	»	»	»
903	Cour de l'Alberca, Fenêtre, Salle des ambassadeurs.	14..	—	Villemin.	»	»	»	»
904	Cour de l'Alberca, à l'Alhambra.	15..	—	Monthelier.	»	»	»	»
905	Détails de la planche précédente	16..	—	Roux.	»	»	»	»
906	Cour de la maison de Chassie, à l'Albaysin	17..	—	Villeneuve.	»	»	»	»
907	Promenade et Tours d'enceinte de l'Alhambra.	18..	—	Bichebois.	»	»	»	»
908	Épée moresque au Généralife.	19..	—	Danjoy.	»	»	»	»
909	Salle principale de la Tour des Infantes.	20..	—	Monthelier.	»	»	»	»
910	Vue générale de la Cour de l'Alberca.	21..	—	Sabatier	»	»	»	»
911	Détails divers, Fontaines des Lions, etc.	22..	—	Asselineau.	»	»	»	»
912	Place-Neuve à Grenade.	23..	—	Chapuy.	»	»	»	»
913	Côte des Moulins.	24..	—	Bichebois.	»	»	»	»
914	Détails, Cour des Lions.	25..	—	Lehnert.	»	»	»	»
915	Cour des Lions.	26..	—	Chapuy.	»	»	»	»
916	Danse et Costumes de Grenade.	27..	—	Bayot.	»	»	»	»
917	Salle du Jugement à l'Alhambra.	28..	—	Villemin.	»	»	»	»
918	Plan général de l'Alhambra, plan particulier.	29..	—	Haucké.	»	»	»	»
919	Planche double, Coupes et Élévations de l'Alhambra.	30	—	Bulton.	»	»	»	»

Nos D'ORDRE.	TITRES DES LITHOGRAPHIES.	NOMS des DESSINATEURS.	NOMS des LITHOGRAPHES.	CENTIMÈT. HAUTEUR.	CENTIMÈT. LARGEUR.	PRIX NOIR. (fr. c.)	PRIX COULEUR. (fr. c.)
920	Texte 1 orné d'entourages moresques, style des monuments.	Giraut de Prangey	Danjoy.	»	»	»	✓ »
921	Texte 2 — — — ...	—	Cuvillier.	»	»	»	»
922	Texte 3 — — — ...	—	Lehnert.	»	»	»	»
923	Texte 4 — — — ...	—	Cuvillier.	»	»	»	»
924	Texte 5 — — — ...	—	Lehvert.	»	»	»	»
925	Texte , explication des planches , Grenade.						

CHOIX D'ORNEMENTS MORESQUES DE L'ALHAMBRA.

Ouvrage publié en 5 livraisons, composées chacune de 6 planches, lithographiées par MM. Jules Peyre et Asselineau, d'après les dessins de M. Girault de Prangey. Prix de chaque livraison, papier blanc, 6 fr.; papier de Chine 8 fr.; en couleur 24 francs.

Nos D'ORDRE.	TITRES DES LITHOGRAPHIES.	Nos des pl.	NOMS des DESSINATEURS.	NOMS des LITHOGRAPHES.	CENTIMÈT. HAUTEUR.	CENTIMÈT. LARGEUR.	PRIX NOIR. (fr. c.)	PRIX COULEUR. (fr. c.)
926	Titre frontispice .	1..	—	J. Peyre.	32	20	1 »	4 »
927	Portions d'arcs, Cour des Lions et salle du Jugement .	2..	—	—	»	»	1 »	4 »
928	Salle des Ambassadeurs.	3..	—	Asselineau.	»	»	1 »	4 »
929	— Ornements divers	4..	—	J. Peyre.	»	»	1 »	4 »
930	Cabinet des Infantes et Antisala.	5..	—	—	»	»	1 »	4 »
931	Cour de l'Alberca. Détails et ornements divers .	6..	—	—	»	»	1 »	4 »
932	Salle des Ambassadeurs.	7..	—	—	»	»	1 »	4 »
933	Mosaïque , même salle .	8..	—	Bouillon.	»	»	1 »	4 »
934	Salle des Ambassadeurs , Frises , Chapiteaux , etc. .	9..	—	J. Peyre.	»	»	1 »	4 »
935	Antisala , ou salle de la Barca , Ornements divers . .	10..	—	—	»	»	1 »	4 »
936	Salle des Ambassadeurs, partie d'une Fenêtre et Frise.	11..	—	—	»	»	1 »	4 »
937	Cour de l'Alberca et salle des Deux Sœurs. Détails divers	12..	—	—	»	»	1 »	4 »
938	Salle des deux Sœurs.	13..	—	Asselineau.	»	»	1 »	4 »
939	Cour de l'Alberca et Salle des Deux Sœurs. Ornements divers.	14..	—	J. Peyre.	»	»	1 »	4 »
940	Salle des Deux Sœurs , Ornements divers.	15..	—	—	»	»	1 »	4 »
941	Salle des Deux Sœurs et Cour des Lions, chapiteaux, etc.	16..	—	—	»	»	1 »	4 »
942	— Commencement de la Coupole, etc.	17..	—	—	»	»	1 »	4 »
943	— Clavaux , Frises et Inscriptions.	18..	—	—	»	»	1 »	4 »
944	— et Cour des Lions, Chapiteaux, etc.	19..	—	—	»	»	1 »	4 »
945	Salle des Deux Sœurs , Mosaïques .	20..	—	Bouillon.	»	»	1 »	4 »
946	Cour des Lions et Salle des Deux Sœurs, Frise , etc..	21..	—	J. Peyre.	»	»	1 »	4 »
947	Cour des Lions , Mirador de Buena Vista, Chapit., etc.	22..	—	—	»	»	1 »	4 »
948	Mirador de Buena Vista , Chapiteaux et Détails divers	23..	—	—	»	»	1 »	4 »
949	Salle des Deux Sœurs, Médaillons , Frise , Tympan . .	24..	—	—	»	»	1 »	4 »
950	Cour des Lions.	25..	—	Asselineau.	»	»	1 »	4 »
951	— partie supérieure d'une Arcade , etc. .	26..	—	J. Peyre.	»	»	1 »	4 »
952	— partie de la Coupole d'un pavillon, Ornements divers .	27..	—	—	»	»	1 »	4 »
953	Cabinet des Infantes et Salle des Deux Sœurs. Ornements divers .	28..	—	—	»	»	1 »	4 »
954	Palacio del Principe , Tympan , Chapitaux et Frise . .	29..	—	—	»	»	1 »	4 »
955	Palacio del Principe , Colonne de l'Arc , Cour de la Mosquée , Ornements divers..	30..	—	—	»	»	1 »	4 »

COURS COMPLET D'ÉTUDES DE PAYSAGE,

Nos D'ORDRE.	TITRES DES LITHOGRAPHIES.	NOMS des DESSINATEURS.	NOMS des LITHOGRAPHES.	CENTIMÈT. HAUTEUR.	CENTIMÈT. LARGEUR.	PRIX NOIR. (fr. c.)	PRIX COULEUR. (fr. c.)
956 à 991	Par Jacotet d'après Coignet. 36 feuilles sur 1/4 colombier.	Coignet.	Jacottet.	»	»	27 »	» »
	Chaque feuille séparée..					» 75	» »

TÊTES DE FANTAISIE.

Les Héroïnes des principaux Romanciers,

Nos D'ORDRE.	TITRES DES LITHOGRAPHIES.	NOMS des DESSINATEURS.	NOMS des LITHOGRAPHES.	CENTIMÈT. HAUTEUR.	CENTIMÈT. LARGEUR.	PRIX NOIR. (fr. c.)	PRIX COULEUR. (fr. c.)
	Par Grévedon , un cahier de 4 planches.	Grévedon.	Grévedon.	»	»	10 »	16 »
992	La Jolie Fille de Perth .	1..	—	—	32	23	2 50	4 »

Nᵒˢ D'ORDRE.	TITRES DES LITHOGRAPHIES.	NOMS		CENTIMÈT.		PRIX	
		des DESSINATEURS.	des LITHOGRAPHES.	HAUTEUR.	LARGEUR.	NOIR.	COULEUR.
						fr. c.	fr. c.
993	Miss Jane. . . . . Nᵒ des pl. 2..	Grévedon.	Grévedon.	»	»	2 50	4 »
994	Rébecca. . . . . 3..	—	—	»	»	2 50	4 »
995	Amy Robsard . . . . 4..	—	—	»	»	2 50	4 »
	FANTAISIES						
	Par Noguès , un cahier de 4 têtes de femme, imprimées à deux teintes. .	Noguès.	Noguès.	»	»	15 »	30 »
	Chaque feuille séparée......					4 »	8 »
996	La Belle Fortunata.	Fechner.	Fechner.	36	28	3 »	6 »
997	La Jeune Fille de Saint-Brice.	—	—	36	28	3 »	6 »
998	Marion Delorme	—	—	37	30	3 »	6 »
999	Jane Gray.	—	—	»	»	3 »	6 »
1000	Jeux d'Enfants.	—	—	»	»	3 »	6 »
1001	Madonna avec l'Enfant	—	—	»	»	3 »	6 »
1002	La Fille du Jardinier. (Le Printemps).	—	—	35	26	5 »	10 »
1003	Rosine. (L'Été).	—	—	»	»	5 »	10 »
1004	La Couronne d'Immortelles (L'Automne).	—	—	»	»	5 »	10 »
1005	Joconde. (L'Hiver).	—	—	»	»	5 »	10 »
1006	Maître Roger	—	—	»	»	5 »	10 »
1007	Premières Affections.	—	—	»	»	5 »	10 »
1008	Le Livre des Fables.	—	—	»	»	5 »	10 »
1009	Les Bulles de Savon	—	—	»	»	5 »	10 »
1010	Le Matin	—	—	»	»	5 »	10 »
1011	Le Soir.	—	—	»	»	5 »	10 »
	PORTRAITS.						sur Chine.
2101	Louis-Philippe 1ᵉʳ en buste	Winterhalter.	Léon Noël.	42	35	5 »	6 »
1013	Julia Grisi.	—	Winterhalter.	44	33	5 »	6 »
1014	Rubini	Devéria.	Devéria,	35	25	3 »	4 »
1015	Tamburini.	Lassouquère.	Lassouquère.	»	»	3 »	4 »
1016	Santini	Llanta.	Llanta.	»	»	3 »	4 »
1017	Lablache.	Devéria.	Devéria.	»	»	3 »	4 »
1018	Chollet	Lassouquère.	Lassouquère.	»	»	3 »	4 »
1019	Mᵐᵉ Pasta.	Gérard.	Aubry Le Comte.	»	»	3 »	4 »

GRAVURES AU BURIN EN COURS D'EXÉCUTION.

Le portrait de Raphael à l'âge de 12 ans, gravé par Forster, d'après l'original au Louvre ;
Une sainte famille, d'après Raphael ;
Une vierge, Jésus et Saint Jean, dᵒ ;
Une assomption, d'après Murillo ;
Une tête de vierge, d'après Raphael ;
Et pour faire suite aux portraits de grands artistes déjà publiés, ceux de :

La Fornarina ;	J. Holbein ;
Philippe de Champagne ;	Rembrandt ;
Vélasquès ;	Ruysdael ;
Michel-Ange ;	Teniers.

IMPRIMERIE DE PAUL DUPONT ET COMP.